D0340692

COLLECTION FOLIO

Patrick Modiano

La ronde
de nuit

Gallimard

Tous droits de traduction, de reproduction et d'adaptation
réservés pour tous les pays.
© *Éditions Gallimard, 1969.*

La Ronde de nuit *est le second roman de Patrick Modiano. Déjà dans le premier,* La Place de l'étoile, *le jeune écrivain, né après la guerre, se livrait, hors de tout réalisme, à une re-création hallucinée de l'époque de l'Occupation. Avec* La Ronde de nuit, *l'obsession gagne en angoisse et en profondeur. Une question court à travers le récit : comment être traître? comment ne pas être traître?*

Le héros, qui a accepté de travailler pour la Gestapo française, se retrouve, par le hasard de ses « missions de confiance », membre d'un réseau de Résistance. Happé par les uns et par les autres, il ne sait pas être traître, il ne sait pas être héros. Bâtard de tout, il tourne comme un toton entre deux mondes. Cette danse titubante le conduit vers un but secret, seule réponse à sa quête angoissée : le martyre. Alors, toujours de sa démarche maladroite, le héros devient, très pudiquement, un martyr.

Par ce livre étonnant, tendre et cruel, Patrick Modiano tente un exorcisme contre un passé qu'il n'a pas vécu mais dont les derniers remous l'ont atteint. Il réveille les morts et les entraîne, au son d'une musique haletante, dans la plus fantastique « ronde de nuit ».

Patrick Modiano est né en 1947 à Boulogne-

Billancourt. Il a fait ses études à Annecy et à Paris. Il a publié son premier roman, *La Place de l'étoile*, en 1968, puis *La Ronde de nuit* en 1969, *Les Boulevards de Ceinture* en 1972 et *Villa Triste* en 1975. Patrick Modiano a écrit avec Louis Malle le scénario de *Lacombe Lucien*.

Pour Rudy Modiano
Pour maman

Pourquoi m'étais-je identifié aux objets mêmes de mon horreur et de ma compassion?

Scott Fitzgerald.

Des éclats de rire dans la nuit. Le Khédive a relevé la tête.

— Ainsi, vous nous attendiez en jouant au mahjong?

Et il éparpille les pièces d'ivoire sur le bureau.

— Seul? demande Monsieur Philibert.

— Vous nous attendiez depuis longtemps, mon petit?

Leurs voix sont coupées de chuchotements et d'inflexions graves. Monsieur Philibert sourit et fait un geste vague de la main. Le Khédive incline la tête du côté gauche et demeure prostré, sa joue touchant presque son épaule. Tel l'oiseau marabout.

Au milieu du salon, un piano à queue. Tentures et rideaux violets. De grands vases pleins de dahlias et d'orchidées. La lumière des lustres est voilée, comme celle des mauvais rêves.

— Un peu de musique pour nous détendre? suggère Monsieur Philibert.

— De la musique douce, il nous faut de la musique douce, déclare Lionel de Zieff.

— *Zwischen heute und morgen?* propose le comte Baruzzi. C'est un slow-fox.

— Je préférerais un tango, déclare Frau Sultana.

— Oh, oui, oui, s'il vous plaît, supplie la baronne Lydia Stahl.

— *Du, Du gehst an mir vorbei*, murmure d'une voix dolente Violette Morris.

— Va pour *Zwischen heute und morgen*, tranche le Khédive.

Les femmes sont beaucoup trop fardées. Les hommes portent des habits acides. Lionel de Zieff est vêtu d'un· complet orange et d'une chemise à rayures ocre, Pols de Helder d'une veste jaune et d'un pantalon bleu ciel, le comte Baruzzi d'un smoking vert cendré. Quelques couples se forment. Costachesco danse avec Jean-Farouk de Méthode, Gaétan de Lussatz avec Odicharvi, Simone Bouquereau avec Irène de Tranzé... Monsieur Philibert se tient à l'écart, appuyé contre la fenêtre gauche. Il hausse les épaules quand l'un des frères Chapochnikoff l'invite à danser. Le Khédive, assis devant le bureau, sifflote et bat la mesure.

— Vous ne dansez pas, mon petit? demande-t-il. Inquiet? Rassurez-vous, vous avez tout votre temps... Tout votre temps...

— Voyez-vous, déclare Monsieur Philibert, la police est une longue, longue patience.

Il se dirige vers la console et prend le livre relié de maroquin vert pâle qui s'y trouvait : *Anthologie des traîtres, d'Alcibiade au capitaine Dreyfus*. Il le feuillette et tout ce qu'il trouve intercalé dans les pages — lettres, télégrammes, cartes de visite, fleurs desséchées — il le pose sur le bureau. Le Khédive semble porter un intérêt très vif à cette investigation.

— Votre livre de chevet, mon petit?

Monsieur Philibert lui tend une photographie. Le Khédive l'examine longuement. Monsieur Philibert s'est placé derrière lui. « Sa mère », murmure le Khédive en désignant la photographie. « N'est-ce pas, mon petit? Madame votre Mère? » Il répète : « Madame votre Mère... » et deux larmes coulent sur ses joues, coulent jusqu'aux commissures des lèvres. Monsieur Philibert a ôté ses lunettes. Ses yeux sont grands ouverts. Il pleure lui aussi. A ce moment-là, éclatent les premières mesures de *Bei zärtlicher Musik*. C'est un tango et ils n'ont pas assez de place pour évoluer à leur aise. Ils se bousculent, quelques-uns même trébuchent et glissent sur le parquet. « Vous ne dansez pas? demande la baronne Lydia Stahl. Allons, accordez-moi la prochaine rumba. — Laissez-le tranquille, murmure le Khédive. Ce jeune homme n'a pas envie de danser. — Rien qu'une rumba, une rumba, supplie la baronne. — Une rumba! une rumba! » hurle Violette Morris. Sous la lumière des deux lustres, ils rougissent, se congestionnent, virent au violet foncé. La sueur dégouline le long de leurs tempes, leurs yeux se dilatent. Le visage de Pols de Helder noircit comme s'il se calcinait. Les joues du comte Baruzzi se creusent, les cernes de Rachid von Rosenheim se gonflent. Lionel de Zieff porte une main à son cœur. L'hébétude semble avoir frappé Costachesco et Odicharvi. Le maquillage des femmes se craquelle, leur chevelure prend des teintes de plus en plus violentes. Ils se décomposent tous et vont certainement pourrir sur place. Est-ce qu'ils sentent déjà?

— Parlons peu mais parlons bien, mon petit, susurre le Khédive. Êtes-vous entré en contact avec celui qu'on appelle « La Princesse de Lamballe »? Qui est-il? Où se trouve-t-il?

— Entends-tu? murmure Monsieur Philibert. Henri veut des détails sur celui qu'on appelle « La Princesse de Lamballe ».

Le disque s'est arrêté. Ils se répandent sur les divans, les poufs, les bergères. Méthode débouche un flacon de cognac. Les frères Chapochnikoff quittent la pièce et réapparaissent, avec des plateaux chargés de verres. Lussatz les remplit à ras bord. « Trinquons, chers amis, propose Hayakawa. — A la santé du Khédive, s'écrie Costachesco. — A celle de l'inspecteur Philibert, déclare Mickey de Voisins. — Un toast pour Madame de Pompadour », glapit la baronne Lydia Stahl. Leurs verres s'entrechoquent. Ils boivent d'un seul trait.

— L'adresse de Lamballe, murmure le Khédive. Sois gentil, mon chéri. Donne-nous l'adresse de Lamballe.

— Tu sais très bien que nous sommes les plus forts, mon chéri, chuchote Monsieur Philibert.

Les autres tiennent un conciliabule à voix basse. La lumière des lustres faiblit, oscille entre le bleu et le violet foncé. On ne distingue plus les visages. — L'hôtel Blitz est de plus en plus tatillon. — Ne vous inquiétez pas. Tant que je serai là, vous aurez le blanc-seing de l'ambassade. — Un mot du comte Grafkreuz, mon cher, et le Blitz ferme définitivement les yeux. —

17

J'interviendrai auprès d'Otto. — Je suis
une amie intime du docteur Best. Voulez-
vous que je lui en parle? — Un coup de
téléphone à Delfanne et tout s'arrange. —
Il faut être dur avec nos démarcheurs,
sinon ils en profitent. — Pas de quartier!
— D'autant plus que nous les couvrons!
— Ils devraient nous en savoir gré. —
C'est à nous qu'on viendra demander des
comptes, pas à eux. — Ils s'en tireront,
vous verrez! Alors que nous...! — Nous
n'avons pas dit notre dernier mot. — Les
nouvelles du front sont excellentes.
EXCELLENTES!

— Henri veut l'adresse de Lamballe,
répète Monsieur Philibert. Un effort, mon
petit.

— Je comprends parfaitement vos réti-
cences, dit le Khédive. Voici ce que je vous
propose : vous allez d'abord nous indiquer
les endroits où l'on peut arrêter cette nuit
tous les membres du réseau.

— Une simple mise en train, ajoute
Monsieur Philibert. Ensuite vous aurez
beaucoup plus de facilités à nous cracher
l'adresse de Lamballe.

— Le coup de filet est pour cette
nuit, murmure le Khédive. Nous vous
écoutons, mon enfant.

Un carnet jaune acheté rue Réaumur.
Vous êtes étudiant? a demandé la mar-

chande. (On s'intéresse aux jeunes gens.
L'avenir leur appartient, on voudrait
connaître leurs projets, on les submerge de
questions.) Il faudrait une torche électrique pour retrouver la page. On ne voit
rien dans cette pénombre. On feuillette le
carnet, nez collé au papier. La première
adresse est écrite en lettres capitales : celle
du lieutenant, le chef du réseau. On
s'efforce d'oublier ses yeux bleu-noir et la
voix chaude avec laquelle il disait : « Ça
va, mon petit? » On voudrait que le
lieutenant ait tous les vices, qu'il soit
mesquin, prétentieux, faux jeton. Cela
faciliterait les choses. Mais on ne trouve
pas une poussière dans l'eau de ce dia-
mant. En dernier recours, on pense aux
oreilles du lieutenant. Il suffit que l'on
considère ce cartilage pour éprouver une
irrésistible envie de vomir. Comment les
humains peuvent-ils posséder d'aussi
monstrueuses excroissances? On imagine
les oreilles du lieutenant, là, sur le bureau,
plus grandes que nature, écarlates, et
sillonnées de veines. Alors on indique
d'une voix précipitée l'endroit où il se
trouvera cette nuit : place du Châtelet.
Ensuite ça va tout seul. On donne une
dizaine de noms et d'adresses sans même
consulter le carnet. On prend le ton du bon
élève qui récite une fable de La Fontaine.

— Beau coup de filet en perspective, dit le Khédive.

Il allume une cigarette, pointe du nez vers le plafond et fait des ronds de fumée. Monsieur Philibert s'est assis devant le bureau et feuillette le carnet. Il vérifie sans doute les adresses.

Les autres continuent de parler entre eux. — Et si l'on dansait encore? J'ai des fourmis dans les jambes. — De la musique douce, il nous faut de la musique douce! — Que chacun dise sa préférence! une rumba! — *Serenata ritmica! — So stell ich mir die Liebe vor! — Coco Seco!* - *Whatever Lola wants! — Guapo Fantoma! — No me dejes de querer!* — Et si l'on jouait à Hide and Seek? Ils battent des mains. — Oui, oui! Hide and Seek! Ils pouffent de rire dans l'obscurité. Elle en tremble.

Quelques heures auparavant. La grande cascade du Bois de Boulogne. L'orchestre torturait une valse créole. Deux personnes avaient pris place à la table voisine de la nôtre. Un vieux monsieur avec des moustaches gris perle et un feutre blanc, une vieille dame en robe bleu foncé. Le vent faisait osciller les lanternes vénitiennes accrochées aux arbres. Coco Lacour fumait son cigare. Esmeralda buvait sagement une grenadine. Ils ne parlaient pas. C'est pour cela que je les aime. Je voudrais les décrire minuticusement. Coco Lacour : un géant roux, des yeux d'aveugle illuminés de temps en temps par une tristesse infinie. Souvent il les cache derrière des lunettes noires et sa démarche lourde, hésitante, lui donne l'allure d'un somnambule. L'âge d'Esmeralda? C'est une toute petite fille minuscule. Je pourrais accumuler à leur sujet une foule de détails émouvants mais, épuisé, j'y renonce. Coco Lacour, Esmeralda, ces noms vous suffisent comme me suffit leur présence silencieuse à mes côtés. Esmeralda regardait, émerveillée, les bourreaux de l'orchestre. Coco Lacour souriait. Je suis leur ange gardien. Nous viendrons chaque soir au Bois de Boulogne pour mieux goûter la douceur de l'été. Nous entrerons dans cette principauté mystérieuse avec ses lacs, ses allées forestières et ses salons de thé noyés sous la verdure. Rien n'a changé ici, depuis notre enfance. Te rappelles-tu? Tu jouais au cerceau le long des allées du Pré Catelan. Le vent caressait les cheveux d'Esmeralda. Son professeur de piano m'avait dit qu'elle faisait des progrès. Elle apprenait le solfège par la méthode Beyer et bientôt jouerait de petits morceaux de Wolfgang

Amadeus Mozart. Coco Lacour incendiait un cigare, timidement, comme s'il s'excusait. Je les aime. Pas la moindre sensiblerie dans mon amour. Je pense : si je n'étais pas là, on les piétinerait. Misérables, infirmes. Toujours silencieux. Un souffle, un geste suffirait pour les briser. Avec moi, ils n'ont rien à craindre. L'envie me prend quelquefois de les abandonner. Je choisirais un moment privilégié. Ce soir, par exemple. Je me lèverais et leur dirais à voix basse : « Attendez, je reviens tout de suite. » Coco Lacour hocherait la tête. Le pauvre sourire d'Esmeralda. Il faudrait que je fasse les dix premiers pas sans me retourner. Ensuite, cela irait tout seul. Je courrais jusqu'à la voiture et démarrerais en trombe. Le plus difficile : ne pas desserrer son étreinte pendant les quelques secondes qui précèdent la suffocation. Mais rien ne vaut le soulagement infini que l'on éprouve au moment où le corps se relâche et descend très lentement vers le fond. C'est aussi vrai pour le supplice de la baignoire que pour la trahison qui consiste à abandonner quelqu'un dans la nuit, après lui avoir promis de revenir. Esmeralda s'amusait avec une paille. Elle soufflait dedans et faisait mousser sa grenadine. Coco Lacour fumait son cigare. Lorsque le vertige me prend de les quitter, je les observe l'un après l'autre, attentif au moindre de leurs gestes, épiant les expressions de leurs visages comme on s'accroche au parapet d'un pont. Si je les abandonne, je retrouverai la solitude du début. Nous sommes en été, me disais-je, pour me rassurer. Tout le monde va revenir le mois prochain. C'était l'été, effectivement, mais il se prolongeait de manière louche. Plus aucune voiture dans Paris. Plus un seul piéton. De temps en temps les battements d'une horloge rompaient le silence. Au détour d'une avenue en plein soleil, il m'est arrivé de penser que je faisais un mauvais rêve. Les gens avaient quitté Paris au mois de juillet. Le soir ils se rassemblaient une dernière fois aux terrasses des Champs-Élysées et du Bois de Boulogne. Jamais mieux qu'en ces instants, je n'avais goûté la tristesse de l'été. C'est la saison des feux d'artifice. Tout un monde prêt à disparaître jetait ses derniers éclats sous les feuillages et les lanternes vénitiennes. Les gens se bousculaient, parlaient très fort, riaient, se pinçaient nerveusement. On entendait les verres se briser, des portières claquer. L'exode commençait. Pendant la journée, je me promène dans cette ville à la dérive. Les cheminées fument : ils brûlent leurs vieux papiers avant de déguerpir. Ils ne veulent pas s'encombrer de bagages inutiles. Des files d'autos s'écoulent vers les portes de Paris, et moi, je m'assieds sur un banc. Je voudrais les accompagner dans leur fuite mais je n'ai rien à sauver. Quand ils seront partis, des ombres surgiront et formeront une ronde autour de moi. Je reconnaîtrai quelques visages. Les femmes sont beaucoup trop fardées, les hommes ont une élégance nègre : chaussures de crocodile, costumes multicolores, chevalières en platine. Certains même exhibent à tout propos une rangée de dents en or. Me voici aux mains d'individus peu recommandables : des rats qui prennent possession d'une ville après que la peste a décimé ses habitants. Ils me donnent une carte de police, un permis de port d'armes et me prient de m'introduire dans un « réseau » pour le démanteler. Depuis mon enfance, j'ai promis tant de choses que je n'ai pas tenues, fixé tant de rendez-vous auxquels je ne suis pas allé, qu'il me semblait « enfantin » de devenir un traître exemplaire. « Attendez, je reviens... » Tous ces visages contemplés une dernière fois avant que la nuit les engloutisse... Certains ne pouvaient s'imaginer que je les quittais. D'autres me fixaient avec des yeux vides : « Dites, vous reviendrez? » Je me rappelle aussi ces curieux pincements au cœur

chaque fois que je consultais ma montre :
on m'attend depuis cinq, dix, vingt
minutes. On n'a peut-être pas encore
perdu confiance. J'avais envie de courir au
rendez-vous et le vertige, en général,
durait une heure. Quand on dénonce, c'est
beaucoup plus facile. A peine quelques
secondes, le temps d'indiquer les noms et
les adresses d'une voix précipitée. Mouchard. Je deviendrai même assassin, s'ils le
veulent. J'abattrai mes victimes avec un
silencieux. Ensuite, je contemplerai leurs
lunettes, porte-clefs, mouchoirs, cravates
— pauvres objets qui n'ont d'importance
que pour celui auquel ils appartiennent et
qui m'émeuvent encore plus que le visage
des morts. Avant de les tuer, je ne
quitterai pas des yeux l'une des parties les
plus humbles de leur personne : les chaussures. On a tort de croire que la fébrilité
des mains, les mimiques du visage, le
regard, l'intonation de la voix sont seuls
capables de vous émouvoir, dès le premier
abord. Le pathétique, moi, je le trouve
dans les chaussures. Et quand j'éprouverai
le remords de les avoir tués, je ne penserai
ni à leur sourire ni à leurs qualités de
cœur, mais à leurs chaussures. Cela dit, les
besognes de basse police rapportent bigre-
ment ces temps-ci. J'ai des billets de
banque plein les poches. Ma richesse me

sert à protéger Coco Lacour et Esmeralda. Sans eux, je serais bien seul. Quelquefois je pense qu'ils n'existent pas. Je suis cet aveugle roux et cette minuscule petite fille vulnérable. Excellente occasion de m'attendrir sur moi-même. Encore un peu de patience. Les larmes vont venir. Je vais enfin connaître les douceurs de la « Self-Pity » — comme disent les Juifs anglais. Esmeralda me souriait, Coco Lacour suçait son cigare. Le vieux monsieur et la vieille dame en robe bleu foncé. Les tables vides autour de nous. Les lustres qu'on avait oublié d'éteindre... Je craignais, à chaque instant, d'entendre leurs automobiles freiner sur le gravier. Les portières claqueraient, ils s'approcheraient de nous, à pas lents, dans un roulis. Esmeralda faisait des bulles de savon et les regardait s'envoler en fronçant les sourcils. L'une d'elles éclatait contre la joue de la vieille dame. Les arbres frissonnaient. L'orchestre jouait les premières mesures d'une czardas, puis un air de fox-trot, et une marche militaire. Bientôt on ne saura plus de quelle musique il s'agit. Les instruments s'essoufflent, hoquettent et je revois le visage de cet homme qu'ils avaient traîné au salon, les mains liées par une ceinture. Il voulait gagner du temps et leur a fait, d'abord, de gentilles grimaces, comme s'il cherchait à les distraire. Ne pouvant plus maîtriser sa peur, il a tenté de les aguicher : il leur lançait des œillades, découvrait son épaule droite à petits gestes saccadés, ébauchait une danse du ventre en tremblant de tous ses membres. Il ne faut pas rester ici une seconde de plus. La musique va mourir après un dernier sursaut. Les lustres s'éteindre.

— Une partie de colin-maillard? — Excellente idée! — Nous n'aurons pas besoin de nous bander les yeux. — L'obscurité suffira. — A vous de commencer, Odicharvi! -- Dispersez-vous!

Ils marchent à pas feutrés. On les entend ouvrir la porte de l'armoire. Sans doute veulent-ils se cacher dedans. On a l'impression qu'ils rampent autour du bureau. Le plancher craque. Quelqu'un se cogne contre un meuble. La silhouette d'un autre se découpe devant la fenêtre. Rires de gorge. Soupirs. Leurs gestes se précipitent. Ils doivent courir dans tous les sens. — Je vous tiens, Baruzzi. — Manque de chance, je suis Helder. — Qui va là? — Devinez! — Rosenheim? — Non! — Costachesco? — Non. — Vous donnez votre langue au chat?

— Nous les arrêterons cette nuit, déclare le Khédive. Le lieutenant et tous les membres du réseau. TOUS. Ces gens-là sabotent notre travail.

— Vous ne nous avez pas encore indiqué l'adresse de Lamballe, murmure Monsieur Philibert. Quand vous déciderez-vous, mon petit? allons!...

— Laisse-le souffler, Pierrot.

La lumière revient brusquement. Ils clignent des yeux. Les voici autour du bureau. — J'ai le gosier sec. — Buvons, chers amis, buvons! — Une chanson, Baruzzi! une chanson! — Il était un petit navire — Continuez, Baruzzi, continuez! — qui n'avait ja-ja-ja-ja-mais navigué... — Voulez-vous que je vous montre mes tatouages? propose Frau Sultana. Elle déchire son corsage. Sur chacun de ses seins, il y a une ancre marine. La baronne Lydia Stahl et Violette Morris la renversent et achèvent de la déshabiller. Elle se débat, s'arrache à leurs étreintes et les excite en poussant de petits cris. Violette Morris la poursuit à travers le salon où, dans un coin, Zieff suce une aile de poulet. — Ça fait plaisir de bouffer par ces temps de restriction. Savez-vous ce que j'ai fait tout à l'heure? Je me suis mis devant une glace et j'ai barbouillé mon visage de foie gras! Du foie gras à 15 000 francs le médaillon!

(Il pousse de grands éclats de rire.) — Encore un peu de cognac? propose Pols de Helder. On n'en trouve plus. Il vaut 100 000 francs le quart de litre. Cigarettes anglaises? Elles me viennent directement de Lisbonne. 20 000 francs le paquet.

— On m'appellera bientôt Monsieur le Préfet de police, déclare le Khédive d'une voix sèche.

Son regard se perd aussitôt dans le vague.

— A la santé du préfet! hurle Lionel de Zieff.

Il titube et s'affale sur le piano. Son verre lui a échappé des mains. Monsieur Philibert compulse un dossier en compagnie de Paulo Hayakawa et Baruzzi. Les frères Chapochnikoff s'affairent autour du gramophone. Simone Bouquereau se contemple dans la glace.

Die Nacht
Die Musik
Und dein Mund

chantonne la baronne Lydia en esquissant un pas de danse.

— Une séance de paneurythmie sexuélo-divine? hennit le mage Ivanoff de sa voix d'étalon.

Le Khédive les considère tristement —

on m'appellera monsieur le Préfet. Il hausse la voix : « Monsieur le Préfet de police! » Il tape du poing sur le bureau. Les autres ne prêtent aucune attention à cet accès d'humeur. Il se lève, entrouvre la fenêtre gauche du salon. — Venez près de moi, mon petit, j'ai besoin de votre présence! un garçon aussi sensible que vous! tellement réceptif... vous me calmez les nerfs!...

Zieff ronfle sur le piano. Les frères Chapochnikoff ont renoncé à faire marcher le gramophone. Ils inspectent les vases de fleurs un par un, rectifiant la position d'une orchidée, caressant les pétales d'un dahlia. Parfois ils se retournent en direction du Khédive et lui jettent des regards apeurés. Simone Bouquereau semble fascinée par son visage dans la glace. Ses yeux violets s'agrandissent, son teint devient de plus en plus pâle. Violette Morris s'est assise sur le canapé de velours à côté de Frau Sultana. Elles ont tendu les paumes de leurs mains blanches au mage Ivanoff.

— On a noté une hausse sur le wolfram, déclare Baruzzi. Je peux vous en procurer à des prix intéressants. Je suis en cheville avec Guy Max, du bureau d'achat de la rue Villejust.

— Je croyais qu'il s'occupait uniquement de textiles, dit Monsieur Philibert.

— Il s'est reconverti, dit Hayakawa. Il a vendu ses stocks à Macias-Reoyo.

— Vous préférez peut-être les cuirs verts? demande Baruzzi. Le box-calf a augmenté de 100 francs.

— Odicharvi m'a parlé de trois tonnes de lainage peigné dont il voudrait se débarrasser. J'ai pensé à vous, Philibert.

— Que diriez-vous| de 36 000 jeux de cartes que je vous livre dès demain matin? Vous pourriez les revendre au prix fort. C'est le moment. Ils ont entamé la *Schwerpunkt Aktion* depuis le début du mois.

Ivanoff scrute la paume de la marquise. — Pas un mot! hurle Violette Morris. Le mage lui prédit l'avenir! Pas un mot! — Qu'en pensez-vous, mon petit? me demande le Khédive. Ivanoff fait marcher les femmes à la baguette! Sa fameuse baguette des métaux légers! Elles ne peuvent plus se passer de lui! Des mystiques, mon cher! Il en profite! Vieux clown! Il s'accoude au rebord du balcon. En bas, c'est une place calme comme il en existe dans le XVIe arrondissement. Les réverbères jettent une drôle de lumière bleue sur les feuillages et le kiosque à musique. — Savez-vous, mon fils, que l'hôtel particulier où nous sommes appartenait avant guerre à Monsieur de Bel-Respiro? (Sa voix se fait de plus en plus sourde.) J'ai trouvé dans une armoire des lettres qu'il écrivait à sa femme et ses enfants. Il avait le sens de la famille! Tenez, le voici! Il désigne un portrait grandeur nature accroché entre les deux fenêtres. — Monsieur de Bel-Respiro lui-même, en uniforme d'officier de spahis! Regardez toutes ces décorations! Ça, c'est du Français!

— Deux kilomètres carrés de rayonne? propose Baruzzi. Je vous les vendrai pour rien! Cinq tonnes de biscuits secs? Les wagons sont immobilisés à la frontière espagnole. Vous obtiendrez très vite les bons de déblocage. Je ne demande qu'une petite commission, Philibert.

Les frères Chapochnikoff rôdent autour du Khédive sans oser lui parler. Zieff dort la bouche ouverte. Frau Sultana et Violette Morris se laissent bercer par les paroles d'Ivanoff : Flux astral... pentagramme sacré... épis de la terre nourricière... grandes ondes telluriques... paneurythmie incantatoire... Bételgeuse... Mais Simone Bouquereau appuie son front contre la glace...

— Toutes ces combinaisons financières ne m'intéressent pas, tranche Monsieur Philibert.

Baruzzi et Hayakawa, désappointés, tanguent jusqu'au fauteuil de Lionel de

Zieff et lui tapent sur l'épaule pour le réveiller. Monsieur Philibert compulse un dossier, crayon à la main.

— Voyez-vous, mon cher petit, reprend le Khédive (on dirait vraiment qu'il va fondre en larmes), je n'ai pas reçu d'instruction. J'étais seul quand on a enterré mon père et j'ai passé la nuit couché sur sa tombe. Et cette nuit-là il faisait très froid. A quatorze ans, la colonie pénitentiaire d'Eysses... le bataillon disciplinaire... Fresnes... Je ne pouvais rencontrer que des voyous comme moi... La vie...

— Réveillez-vous, Lionel! hurle Hayakawa.

— Nous avons des choses importantes à vous dire, ajoute Baruzzi.

— Nous vous procurons quinze mille camions et deux tonnes de nickel si vous nous versez un courtage de quinze pour cent. Zieff cligne des yeux, et s'éponge le front avec un mouchoir bleu ciel. — Tout ce que vous voulez, pourvu qu'on s'empiffre à s'en faire péter le ventre. Vous ne trouvez pas que j'ai engraissé depuis deux mois? Ça fait plaisir, par ces temps de restrictions. Il se dirige pesamment vers le canapé et glisse une main dans le corsage de Frau Sultana. Celle-ci se débat et le gifle de toutes ses forces. Ivanoff pousse un petit ricanement. — Tout ce que vous

33

voudrez, mes cocos, répète Zieff d'une voix éraillée. Tout ce que vous voudrez. — C'est d'accord pour demain matin, Lionel? demande Hayakawa. Je peux en parler à Schiedlausky? Nous vous offrons un wagon de caoutchouc en prime.

Monsieur Philibert, assis au piano, égrène pensivement quelques notes.

— Pourtant, mon petit, reprend le Khédive, j'ai toujours eu soif de respectabilité. Ne me confondez pas, s'il vous plaît, avec les personnes qui sont ici...

Simone Bouquereau se maquille devant la glace. Violette Morris et Frau Sultana ont les yeux clos. Le mage, apparemment, invoque les astres. Les frères Chapochnikoff se tiennent près du piano. L'un d'eux remonte le métronome, un autre tend une partition à Monsieur Philibert.

— Lionel de Zieff, par exemple! chuchote le Khédive. Je vous en raconterai mille sur ce requin d'affaires! et sur Baruzzi! Hayakawa! Tous les autres! Ivanoff? un immonde maître chanteur! la baronne Lydia Stahl est une putain...

Monsieur Philibert feuillette la partition. De temps en temps il bat la mesure. Les frères Chapochnikoff lui jettent des regards craintifs.

— Voyez-vous, mon petit, reprend le

Khédive — tous les rats ont profité des récents « événements » pour remonter à la surface! Moi-même... mais ceci est une autre histoire! Ne vous fiez pas aux apparences! Bientôt je recevrai dans ce salon les gens les plus respectables de Paris. On m'appellera Monsieur le Préfet! MONSIEUR LE PRÉFET DE POLICE, entendez-vous? Il se retourne et désigne le portrait grandeur nature. — Moi-même! En officier de spahis! Regardez les décorations! Légion d'honneur! Croix du Saint-Sépulcre! Croix de Saint-Georges de Russie! Danilo de Monténégro, Tour et Épée du Portugal! Je n'ai rien à envier à Monsieur de Bel-Respiro! Je peux lui tenir la dragée haute!

Il claque des talons.

Le silence brusquement.

C'est une valse qu'il joue. La cascade des notes hésite, s'épand, déferle sur les dahlias et les orchidées. Monsieur Philibert se tient très droit. Il a fermé les yeux.

— Vous entendez, mon enfant? demande le Khédive. Regardez ses mains! Pierre peut jouer des heures et des heures, sans broncher! Jamais de crampes! un artiste!

Frau Sultana dodeline légèrement de la tête. Aux premiers accords, elle est sortie de sa torpeur. Violette Morris se lève et valse solitaire jusqu'à l'autre extrémité du salon. Paulo Hayakawa et Baruzzi se sont tus. Les frères Chapochnikoff écoutent bouche bée. Zieff lui-même semble hypnotisé par les mains de Monsieur Philibert qui s'affolent sur le clavier. Ivanoff, menton tendu, scrute le plafond. Mais Simone Bouquereau achève de se maquiller devant le miroir de Venise, comme si de rien n'était.

Il plaque les accords de toutes ses forces, penche le buste, garde les yeux fermés. La valse est de plus en plus emportée.

— Vous aimez, mon petit? demande le Khédive.

Monsieur Philibert a refermé le piano brutalement. Il se lève en se frottant les mains et marche vers le Khédive. Après un moment :

— Nous venons d'épingler quelqu'un, Henri. Distribution de tracts. Nous l'avons pris sur le fait. Breton et Reocreux s'occupent de lui à la cave.

Les autres sont encore étourdis par la valse. Ils ne disent mot et demeurent immobiles, à l'endroit où la musique les a laissés.

— Je lui parlais de vous, Pierre, murmure le Khédive. Je lui disais que vous êtes un garçon sensible, un mélomane hors pair, un artiste...

— Merci, merci, Henri. C'est exact,

mais je déteste les grands mots! Vous auriez dû expliquer à ce jeune homme que j'étais un policier, rien de plus!

— Le premier flic de France! C'est un ministre qui l'a dit!

— Il y a bien longtemps, Henri!

— À l'époque, Pierre, j'aurais eu peur de vous! L'inspecteur Philibert! Hou là! quand je serai préfet de police, je te nommerai commissaire, mon chéri!

— Taisez-vous!

— Vous m'aimez quand même?

Un hurlement. Puis deux. Puis trois. Extrêmement aigus. Monsieur Philibert consulte sa montre. — Trois quarts d'heure déjà. Il doit craquer! je vais voir! Les frères Chapochnikoff lui emboîtent le pas. Les autres — apparemment -- n'ont rien entendu.

— Tu es la plus belle, déclare Paulo Hayakawa à la baronne Lydia en lui tendant une coupe de champagne. — Vraiment? Frau Sultana et Ivanoff se regardent dans les yeux. Baruzzi se dirige à pas de loup vers Simone Bouquereau mais Zieff lui fait un croche-pied au passage. Baruzzi entraîne dans sa chute un vase de dahlias. — On veut jouer les galants? On ne fait plus attention à son gros Lionel? Il éclate de rire et s'évente avec son mouchoir bleu ciel.

— C'est le type qu'ils ont trouvé, murmure le Khédive, le porteur de tracts! on s'occupe de lui! Il finira par craquer, mon cher. Tu veux le voir? — A la santé du Khédive! hurle Lionel de Zieff. — A celle de l'inspecteur Philibert, ajoute Paulo Hayakawa en caressant la nuque de la baronne. Un hurlement. Puis deux. Un sanglot prolongé.

— Parle ou crève! braille le Khédive.

Les autres n'y prêtent aucune attention. Sauf Simone Bouquereau qui se maquillait devant la glace. Elle se retourne. Ses grands yeux violets lui dévorent le visage. Elle a une traînée de rouge à lèvres sur le menton.

Nous avons entendu, quelques minutes encore, la musique. Elle s'est éteinte au moment où nous traversions le carrefour des Cascades. Je conduisais. Coco Lacour et Esmeralda se tenaient sur le siège avant. Nous glissions le long de la route des Lacs. L'enfer commence à la lisière du bois : boulevard Lannes, boulevard Flandrin, avenue Henri-Martin. Ce quartier résidentiel est le plus redoutable de Paris. Le silence qui y régnait jadis à partir de huit heures du soir avait quelque chose de rassurant. Silence bourgeois de feutre, de velours et de bonne éducation. On devinait les familles réunies dans le salon après dîner. Maintenant, on ne sait plus ce qui se passe derrière les grandes façades noires. De temps en temps une automobile nous croisait tous feux éteints. J'avais peur qu'elle ne s'arrêtât et nous barrât le passage.

Nous avons pris l'avenue Henri-Martin. Esmeralda sommeillait. Passé onze heures, les petites filles ont de la peine à garder les yeux ouverts. Coco Lacour s'amusait avec le tableau de bord, tournait le bouton de la T.S.F. Ils ignoraient l'un et l'autre combien leur bonheur était fragile. Moi seul me faisais du souci. Nous étions trois enfants qui traversions dans une grosse automobile des ténèbres maléfiques. Et si par hasard il y avait de la lumière à une fenêtre, je ne devais pas m'y fier. Je connais bien cet arrondissement. Le Khédive me chargeait de fouiller les hôtels particuliers pour y saisir des objets d'art : Hôtels Second Empire, « Folies » xviiie, Hôtels 1900 avec verrières, simili-châteaux gothiques. Ils n'abritaient plus qu'un concierge apeuré que le propriétaire avait oublié dans sa fuite. Je sonnais à la porte, montrais ma carte de police et inspectais les lieux. Je garde le souvenir de longues promenades :

Maillot, la Muette, Auteuil, telles étaient mes étapes. Je m'asseyais sur un banc, à l'ombre des marronniers. Personne dans les rues. Je pouvais visiter toutes les maisons du quartier. La ville m'appartenait.

Place du Trocadéro. A mes côtés Coco Lacour et Esmeralda, ces deux compagnons de pierre. Maman me disait : « On a les amis qu'on mérite. » A quoi je lui répondais que les hommes sont beaucoup trop bavards pour mon goût et que je ne supporte pas les essaims de mouches bleues qui leur sortent des lèvres. Ça me donne la migraine. Ça me coupe le souffle que j'ai déjà très court. Le lieutenant, par exemple, est un causeur époustouflant. Chaque fois que j'entre dans son bureau, il se lève et commence son discours par « mon jeune ami » ou « mon petit gars ». Ensuite les mots se succèdent à une cadence frénétique, sans qu'il prenne le temps de les articuler tout à fait. Il ralentit son débit, mais c'est pour mieux me submerger la minute suivante. Sa voix prend des intonations de plus en plus aiguës. A la fin, il piaille et les mots s'étranglent dans sa gorge. Il tape du pied, agite les bras, se convulse, hoquette, se rembrunit tout à coup et reprend son discours d'une voix monocorde. Il conclut par un « Du cran, mon vieux » qu'il chuchote à la limite de l'épuisement.

Au début il m'a dit : « J'ai besoin de vous. Nous allons faire du bon travail. Je reste dans la clandestinité avec mes hommes. Votre mission : vous introduire chez nos adversaires. Nous renseigner le plus discrètement possible sur les intentions de ces salauds. » Il me marquait clairement ses distances : A lui et son état-major la pureté et l'héroïsme. A moi, les basses besognes de l'espionnage et du double jeu. Relisant cette nuit-là *L'Anthologie des traîtres, d'Alcibiade au capitaine Dreyfus*, il m'a semblé qu'après tout, le double jeu et — pourquoi pas? — la trahison convenaient à mon caractère espiègle. Pas assez de force d'âme pour me ranger du côté des héros. Trop de nonchalance et de distraction pour faire un vrai salaud. Par contre, de la souplesse, le goût du mouvement et une évidente gentillesse.

Nous remontions l'avenue Kléber. Coco Lacour bâillait. Esmeralda s'était endormie et sa petite tête avait basculé contre mon épaule. Il est temps qu'ils aillent se coucher. Avenue Kléber. Cette nuit-là nous avions pris le même chemin après être sortis de *L'Heure mauve*, un cabaret des Champs-Élysées. Une humanité assez molle se trouvait collée autour des tables de velours rouge et sur les tabourets, devant le bar : Lionel de Zieff, Costachesco, Lussatz, Méthode, Frau Sultana, Odicharvi, Lydia Stahl, Otto da Silva, les frères Chapochnikoff... Pénombre moite. Des parfums égyptiens flottaient. Il y avait ainsi à Paris quelques îlots où l'on s'efforçait d'ignorer « le désastre advenu les jours précédents » et où stagnaient une joie de vivre et une frivolité d'avant guerre. Considérant tous ces visages, je me répétais une phrase que j'avais lue quelque part : « Un rastaquouérisme à relents de trahisons et d'assassinats... » A côté du bar tournait un gramophone :

Bonsoir
Jolie madame
Je suis venu
Vous dire bonsoir...

Le Khédive et Monsieur Philibert m'ont entraîné dehors. Une Bentley blanche attendait au bas de la rue Marbeuf. Ils ont pris place à côté du chauffeur, et je me suis assis sur la banquette arrière. Les réverbères vomissaient doucement une lumière bleutée.

— Aucune importance, avait déclaré le Khédive en désignant le chauffeur. Eddy voit dans le noir.

— En ce moment, m'avait dit Monsieur Philibert, en me prenant le bras, il y a des tas de possibilités pour un jeune homme. Il faut choisir le meilleur parti et je veux bien vous y aider, mon petit gars. Nous vivons une époque périlleuse. Vous avez de longues mains blanches et une santé très délicate. Faites attention. Si j'ai un conseil à vous donner, c'est de ne pas jouer au héros. Tenez-vous tranquille. Travaillez avec nous : c'est ça, ou le martyre ou le sanatorium. — Un tout petit boulot d'indic, par exemple, ça ne vous dirait rien? me demanda le Khédive. — Très largement rétribué, ajouta Monsieur Philibert. Et parfaitement légal. Nous vous délivrerons une carte de police et un permis de port d'armes. — Il s'agit de vous introduire dans un réseau clandestin pour le démanteler. Vous nous renseignerez sur les habitudes de ces messieurs. — Avec un minimum de prudence, ils ne vous soupçonneront pas. — Il me semble que vous inspirez confiance. — Et qu'on vous donnerait le bon Dieu sans confession. — Vous avez un sourire avantageux. — Et de beaux yeux, mon garçon! — Les traîtres ont toujours le regard clair. Leur débit s'accélérait. A la fin j'avais l'impression qu'ils parlaient en même temps. Ces essaims de papillons bleus qui sortaient de leurs bouches... Tout ce qu'ils voudraient... Indic, tueur à gages, pourvu qu'ils se taisent quelquefois et me laissent dormir. Indic, traître, tueur, papillons...

— Nous vous emmenons à notre nouveau quartier général, décida Monsieur Philibert. C'est un hôtel particulier 3 *bis,* square Cimarosa — Nous y pendons la crémaillère, ajouta le Khédive. Avec tous nos amis! — *Home, sweet home,* chantonna Monsieur Philibert.

Quand j'entrai dans le salon, la phrase mystérieuse me revint à la mémoire : « Un rastaquouérisme à relents de trahisons et d'assassinats. » Ils étaient tous présents. Il en venait d'autres, à chaque instant : Danos, Codébo, Reocreux, Vital-Léca, Robert le Pâle... Les frères Chapochnikoff leur versaient le champagne. — Je vous propose un petit tête-à-tête, me chuchota le Khédive. Vos impressions? Vous êtes tout pâle. Un alcool? Il me tendait une coupe, pleine à ras bord d'un liquide rosé.

— Voyez-vous, me dit-il en ouvrant la fenêtre et en m'attirant sur le balcon, je suis, à partir d'aujourd'hui, le maître d'un empire. Il ne s'agit pas seulement d'un service de police supplétif. Nous brasserons d'énormes affaires! Entretiendrons plus de cinq cents rabatteurs! Philibert m'aidera pour la partie administrative!

J'ai profité des événements extraordinaires que nous avons vécus ces derniers mois! La chaleur était si lourde qu'elle embuait les vitres du salon. On m'apporta de nouveau une coupe de liquide rosé que je bus en réprimant un haut-le-cœur. — Et puis (il me caressait la joue du revers de la main) vous pourrez me donner des conseils, me guider quelquefois. Je n'ai pas reçu d'instruction. (Il parlait de plus en plus bas.) A quatorze ans, la colonie pénitentiaire d'Eysses, ensuite le bataillon disciplinaire, la relègue... Mais j'ai soif de respectabilité, vous m'entendez! Ses yeux étincelaient. Rageur : « Je serai bientôt préfet de police! On m'appellera MONSIEUR LE PRÉFET! » Il martèle de ses deux poings le rebord du balcon : « MONSIEUR LE PRÉFET... MONSIEUR LE PRÉ-FET! » et aussitôt son regard se perd dans le vague.

En bas, sur la place, les arbres transpiraient. J'avais envie de partir mais il était trop tard, sans doute. Il me retiendrait par le poignet et, même si je me dégageais, je devrais traverser le salon, me frayer un passage à travers ces groupes compacts, subir l'assaut d'un million de guêpes bourdonnantes. Le vertige. De grands cercles lumineux dont j'étais le pivot tournaient de plus en plus vite et mon cœur battait à se rompre.

— Un malaise? Ile me prend par le bras, m'entraîne, me fait asseoir sur le divan. Les frères Chapochnikoff — combien étaient-ils au juste? — couraient de-ci de-là. Le comte Baruzzi sortait d'une serviette noire une liasse de billets de banque qu'il montrait à Frau Sultana. Un peu plus loin, Rachid von Rosenheim, Paulo Hayakawa et Odicharvi parlaient avec animation. D'autres, que je ne distinguais pas. Il me sembla que tous ces gens s'effritaient sur place à cause de leur trop grande volubilité, de leurs gestes saccadés et des parfums lourds qu'ils exhalaient. Monsieur Philibert me tendait une carte verte barrée de rouge. — Vous faites désormais partie du Service; je vous ai inscrit sous le nom de « Swing Troubadour ». Ils m'entouraient tous en brandissant des coupes de champagne. — A la santé de Swing Troubadour! me lança Lionel de Zieff et il éclata d'un gros rire qui lui congestionna le visage. — A la santé de Swing Troubadour! glapit la baronne Lydia.

C'est à ce moment-là — si j'ai bonne mémoire — qu'une envie subite me prit de tousser. Je revis le visage de maman. Elle se penchait vers moi et, comme chaque soir, avant d'éteindre la lumière, me glissait à l'oreille : « Tu finiras sur l'échafaud! » — A votre santé, Swing Troubadour, murmurait l'un des frères Chapochnikoff et il me touchait craintivement l'épaule. Les autres me pressaient de tous côtés, s'agglutinaient à moi, comme des mouches.

Avenue Kléber. Esmeralda parle dans son sommeil. Coco Lacour se frotte les yeux. Il est temps pour eux d'aller dormir. Ils ne savent ni l'un ni l'autre combien leur bonheur est fragile. De nous trois, moi seul me fais du souci.

— Je regrette, mon enfant, dit le Khédive, que vous ayez entendu ces cris. Moi non plus, je n'aime pas la violence, mais cet individu distribuait des tracts. C'est très mal.

Simone Bouquereau se regarde à nouveau dans la glace et retouche son maquillage. Les autres, détendus, retrouvent une amabilité qui s'accorde parfaitement avec les lieux. Nous sommes dans un salon bourgeois, après dîner, au moment des vieilles liqueurs.

— Un alcool pour vous remonter, mon petit? propose le Khédive.

— La « période trouble » que nous traversons, remarque le mage Ivanoff, exerce
sur les femmes une influence aphrodi-
siaque. — La plupart des gens ont dû
oublier le parfum du cognac par ces temps
de restrictions, ricane Lionel de Zieff. Tant
pis pour eux! — Que voulez-vous? murmure Ivanoff. Quand le monde va à la
dérive... mais attention, cher ami, je n'en
profite pas. Tout est à base de pureté avec
moi.

— Le box-calf..., commence Pols de
Helder.

— Un wagon entier de wolfram...,
enchaîne Baruzzi.

— Et une ristourne de vingt-cinq pour
cent..., précise Jean-Farouk de Méthode.

Monsieur Philibert, grave, est entré dans
le salon et se dirige vers le Khédive. —
Nous partons dans un quart d'heure,
Henri. Premier objectif : le lieutenant,
place du Châtelet. Ensuite, les autres
membres du réseau, à leur adresse respec-
tive. Un beau coup de filet! Le jeune
homme nous accompagnera! N'est-ce pas,
mon petit Swing Troubadour? Préparez-
vous! Dans un quart d'heure! — Une
goutte de cognac pour vous donner du
courage, Troubadour? propose le Khédive.
— Et n'oubliez pas de nous cracher

l'adresse de Lamballe, ajoute Monsieur Philibert. Compris?

L'un des frères Chapochnikoff — mais combien sont-ils au juste? — se tient debout au milieu de la pièce, un violon contre la joue. Il s'éclaircit la gorge, puis se met à chanter d'une très belle voix de basse :

> Nur
> Nicht
> Aus Liebe weinen...

Les autres marquent la cadence en battant des mains. L'archet racle très lentement les cordes, accélère le va-et-vient, accélère encore... La musique est de plus en plus rapide.

> Aus Liebe...

Des cercles lumineux s'agrandissent comme lorsqu'on jette une pierre dans l'eau. Ils ont commencé à tourner au pied du violoniste et atteignent maintenant les murs du salon.

> Es gibt auf
> Erden...

Le chanteur s'essouffle, on dirait qu'il va suffoquer après avoir jeté un dernier cri. L'archet court sur les cordes, à une vitesse accrue. Pourront-ils suivre longtemps la cadence avec leurs battements de mains?

Auf dieser Welt...

Le salon tourne maintenant, tourne et, seul, le violoniste reste immobile.

nicht nur den Hainen..

Quand vous étiez enfant, vous aviez toujours peur dans ces manèges qui vont de plus en plus vite et qu'on appelle des chenilles. Souvenez-vous...

Es gibt so viele...

Vous poussiez des hurlements, mais cela ne servait à rien, la chenille continuait de tourner.

Es gibt so viele...

Vous teniez absolument à monter dans ces chenilles. Pourquoi?

Ich lüge auch...

Ils se lèvent en battant des mains... le salon tourne, tourne, et l'on dirait même qu'il s'incline. Ils vont perdre l'équilibre, les vases de fleurs s'écraseront au sol. Le violoniste chante d'une voix précipitée.

Ich lüge uuch

Vous poussiez des hurlements mais cela ne servait à rien. Personne ne pouvait vous entendre dans le vacarme de la foire.

Es muss ja Lüge sein...

Le visage du lieutenant. Dix, vingt autres visages qu'on n'a pas le temps de reconnaître. Le salon tourne beaucoup trop vite, comme autrefois la chenille « Sirocco » à Luna Park.

den mir gewahlt...

Au bout de cinq minutes, elle tournait si vite qu'on ne distinguait plus les visages de ceux qui restaient sur la piste, à regarder.

Heute dir gehoren...

Et pourtant, quelquefois, on happait au passage un nez, une main, un éclat de rire, des dents ou deux yeux grands ouverts. Les yeux bleu-noir du lieutenant. Dix, vingt autres visages. Ceux dont on a indiqué les adresses tout à l'heure et qui vont se faire arrêter dans la nuit. Heureusement, ils défilent très vite, au rythme de la musique et on n'a pas le temps de faire l'addition de leurs traits.

und Liebe schwören...

Sa voix se précipite encore, il se cramponne à son violon avec l'expression hagarde d'un naufragé...

Ich liebe jeden

Les autres battent, battent, battent des mains, leurs joues se gonflent, leurs yeux sont fous, ils vont certainement tous mourir d'apoplexie...

Ich lüge auch...

Le visage du lieutenant. Dix, vingt autres visages dont on distingue maintenant les traits. Ils vont se faire arrêter tout à l'heure. On dirait qu'ils vous demandent des comptes. Pendant quelques minutes, on ne regrette pas du tout d'avoir donné les adresses. Face à ces héros qui vous scrutent de leur regard clair, on serait même tenté de crier bien haut sa qualité de mouchard. Mais peu à peu le vernis de leur visage s'écaille, ils perdent de leur arrogance et la belle certitude qui les illuminait s'éteint comme une bougie que l'on souffle. Une larme glisse sur la joue de l'un d'eux. Un autre penche la tête et vous lance un regard triste. Un autre vous fixe avec stupeur, comme s'il ne s'attendait pas à ça de votre part...

Als ihr bleicher Leib im Wasser...

Leurs visages tournent, tournent très lentement. Au passage, ils vous murmurent de doux reproches. Puis, à mesure qu'ils tournent, leurs traits se contractent, ils ne font même plus attention à vous, leurs yeux et leurs bouches expriment une peur affreuse. Ils pensent certainement au sort qui les attend. Ils sont redevenus ces enfants qui, dans le noir, appelaient maman au secours...

Von den Büchern in die grösseren Flüsse...

Vous vous souvenez de toutes les gentillesses qu'ils ont eues pour vous. L'un d'eux vous lisait les lettres de sa fiancée.

Als ihr bleicher Leib im Wasser...

Un autre portait des chaussures de cuir noir. Un autre connaissait le nom de toutes les étoiles. Le REMORDS. Ces visages n'en finiront pas de tourner et, désormais, vous dormirez mal. Mais une phrase du lieutenant vous revient à la mémoire : « Les types de mon réseau sont gonflés à bloc. Ils mourront, s'il le faut, sans desserrer les dents. » Alors tant mieux. De nouveau leurs visages se durcissent. Les yeux bleu-noir du lieutenant. Dix, vingt autres regards chargés de mépris. Puisqu'ils veulent crever en beauté, qu'ils crèvent !

Im Flussen mit Rielen has...

Il s'est tu. Il a posé son violon contre la cheminée. Les autres se calment peu à peu. Une sorte de langueur les prend. Ils se vautrent sur le sofa et les fauteuils. — Vous êtes tout pâle, mon enfant, murmure le Khédive. Ne vous laissez pas impressionner. Le coup de filet se fera très proprement.

C'est agréable de se trouver sur un balcon, à l'air libre, et d'oublier un instant cette pièce où le parfum des fleurs, les bavardages et la musique vous donnaient le vertige. Une nuit d'été, si douce et silencieuse que vous croyez aimer.

— Bien sûr, nous présentons toutes les apparences du gangstérisme. Les hommes que j'utilise, nos méthodes brutales, le fait de vous avoir proposé un travail de mouchard, vous qui avez une charmante petite gueule d'enfant de Jésus, tout cela ne plaide pas en notre faveur, hélas...

Les arbres et le kiosque de la place baignent dans une lumière rousse. — Et cette humanité curieuse qui gravite autour de ce que j'appelle notre « officine » : requins d'affaires, demi-mondaines, inspecteurs de police révoqués, morphinomanes, patrons de boîtes de nuit, enfin tous ces marquis, comtes, barons et princesses qui ne sont pas dans le Gotha...

En bas, le long du trottoir, une file de voitures. Les leurs. Elles font des taches sombres dans la nuit.

— Tout cela, je le comprends, peut impressionner un jeune homme bien élevé. Mais (sa voix prend une intonation rageuse) si vous vous trouvez cette nuit en compagnie de gens aussi peu recommandables, c'est que, malgré votre petite gueule d'enfant de chœur... (Très tendre.) C'est que nous sommes du même monde, Monsieur.

La lumière des lustres brûle leur visage, les corrode comme un acide. Leurs traits se creusent, leur peau se racornit, leurs têtes vont sans doute prendre les dimensions minuscules de celles que collectionnent les

Indiens Jivaros. Un parfum de fleurs et de
chair flétrie. Bientôt, il ne restera de toute
cette assemblée que de petites bulles qui
éclateront à la surface d'une mare. Déjà,
ils pataugent dans une boue rosâtre et
le niveau monte, monte, jusqu'à leurs
genoux. Ils n'en ont plus pour longtemps à
vivre.

— On s'ennuie ici, déclare Lionel de
Zieff.

— Il est temps de partir, dit Monsieur
Philibert. Première étape : place du Châtelet. Le lieutenant!

— Vous venez, mon petit? demande le
Khédive. Dehors, c'est le black-out,
comme d'habitude. Ils se répartissent au
hasard des automobiles. — Place du
Châtelet! — Place du Châtelet! Les portières claquent. Ils démarrent en trombe.
— Ne les dépasse pas, Eddy! ordonne le
Khédive. La vue de tous ces braves gens
me remonte le moral.

— Et dire que nous entretenons cette
bande de noceurs! soupire Monsieur Philibert. — Un peu d'indulgence, Pierre. Nous
faisons des affaires avec eux. Ce sont nos
associés. Pour le meilleur et pour le pire.

Avenue Kléber. Ils klaxonnent, leurs
bras se tendent à l'extérieur des portières,
s'agitent, battent l'air. Ils zigzaguent,
dérapent, se tamponnent légèrement. C'est

à qui prendra le plus de risques, fera le plus de bruit dans le black-out. Champs-Élysées. Concorde. Rue de Rivoli. — Nous allons vers un quartier que je connais bien, dit le Khédive. Celui des Halles, où j'ai passé toute mon adolescence à décharger des charrettes de légumes...

Les autres ont disparu. Le Khédive sourit et allume une cigarette avec son briquet d'or massif. Rue de Castiglione. La colonne de la place Vendôme qu'on devine, à gauche. Place des Pyramides. L'automobile roule de plus en plus lentement, comme si elle était parvenue aux abords d'une frontière. Passé la rue du Louvre, la ville semble s'affaisser tout à coup.

— Nous entrons dans « le ventre de Paris », remarque le Khédive.

Une odeur, d'abord insoutenable, mais à laquelle on s'habitue peu à peu, vous prend à la gorge bien que les vitres des portières soient fermées. Ils ont dû transformer les Halles en équarrissoir.

— « Le ventre de Paris », répète le Khédive.

L'automobile glisse sur les pavés gras. Des éclaboussures inondent le capot. De la boue? du sang? En tout cas, quelque chose de tiède.

Nous traversons le boulevard de Sébastopol et débouchons sur une grande esplanade. On a abattu toutes les maisons qui l'entouraient et d'elles ne restent plus que des pans de murs avec des lambeaux de papier peint. Aux traces qu'ils ont laissées, on devine l'emplacement des escaliers, des cheminées, des placards. Et la dimension des chambres. L'endroit où se trouvait le lit. Il y avait ici une chaudière. Là un lavabo. Les uns préféraient le papier à fleurs, les autres une imitation des toiles de Jouy. J'ai même cru voir un chromo qui était resté accroché au mur.

Place du Châtelet. Le café *Zelly's* où le lieutenant et Saint-Georges doivent me retrouver à minuit. Quelle contenance adopterai-je quand ils marcheront vers moi? Les autres sont déjà installés aux tables lorsque nous entrons, le Khédive, Philibert et moi. Ils se pressent autour de nous. C'est à qui nous serrera la main le premier. Ils nous agrippent, nous étreignent, nous secouent. Quelques-uns nous couvrent le visage de baisers, d'autres nous caressent la nuque, d'autres nous tirent gentiment les revers de nos vestes. Je reconnais Jean-Farouk de Méthode, Violette Morris et Frau Sultana. — Comment allez-vous? me demande Costachesco. Nous nous frayons un passage à travers l'attroupement qui s'est formé. La baronne Lydia m'entraîne à une table où se trouvent Rachid von Rosenheim, Pols de Helder, le comte Baruzzi et Lionel de Zieff. — Un peu de cognac? me propose Pols de Helder. On n'en trouve plus à Paris, il vaut cent mille francs le quart de litre. Buvez! Il m'enfonce le goulot entre les dents. Ensuite, von Rosenheim me fourre une cigarette anglaise dans la bouche et brandit un briquet de platine serti d'émeraudes. La lumière baisse peu à peu, leurs gestes et leurs voix se fondent dans une pénombre douce et, tout aussitôt, avec une netteté extraordinaire, m'apparaît le visage de la princesse de Lamballe qu'un garde national est venu chercher à la prison de la Force : « Levez-vous, madame, il faut aller à l'Abbaye. » Devant moi leurs piques et leurs visages grimaçants. Pourquoi n'a-t-elle pas crié : « VIVE LA NATION! » comme on le lui demandait? Si l'un d'eux m'égratigne le front de sa pique : Zieff? Hayakawa? Rosenheim? Philibert? le Khédive? il suffira de cette petite goutte de sang pour que les requins se précipitent. Ne plus bouger. Crier autant de fois qu'ils le désirent : « VIVE LA NATION! » Me déshabiller, s'il le faut. Tout ce qu'ils voudront! Encore une minute, monsieur le bourreau. A n'importe quel prix. Rosenheim, de nouveau, me fourre une cigarette anglaise dans la bouche. Celle du condamné a mort? Apparemment, l'exécution n'est pas encore pour cette nuit. Costachesco, Zieff, Helder et Baruzzi me témoignent la plus grande amabilité. Ils s'inquiètent de ma santé. Ai-je assez d'argent de poche? Bien sûr. Le fait d'avoir livré le lieutenant et tous les membres de son réseau me rapportera une centaine de mille francs grâce auxquels je m'achèterai quelques écharpes chez Charvet et un manteau de vigogne en prévision de l'hiver. A moins qu'ils ne me règlent mon compte d'ici là. Les lâches, paraît-il, ont toujours une mort honteuse. Le médecin me disait qu'avant de mourir chaque homme se transforme en boîte à musique et que l'on entend pendant une fraction de seconde l'air qui correspond le mieux à ce que fut sa vie, son caractère et ses aspirations. Pour les uns, c'est une valse musette, pour les autres une marche militaire. Un autre miaule une chanson tzigane qui se termine par un sanglot ou un cri de panique. vous, mon petit gars, ce sera le bruit d'une poubelle que l'on envoie dinguer la nuit dans un terrain vague. Et tout à l'heure, quand nous traversions cette esplanade, de l'autre côté du boulevard de Sébastopol, j'ai pensé : « C'est ici que finira ton aventure. » Je me souviens de l'itinéraire en pente douce qui

m'a mené jusqu'à cet endroit, l'un des plus
désolés de Paris. Tout commence au Bois
de Boulogne. Te rappelles-tu? Tu joues au
cerceau sur les pelouses du Pré Catelan.
Les années passent, tu longes l'avenue
Henri-Martin et tu te retrouves au Trocadéro. Ensuite place de l'Étoile. Une avenue devant toi, bordée de réverbères étin-
celants. Elle te semble à l'image de l'avenir : chargée de belles promesses — comme
on dit. L'ivresse te coupe le souffle au seuil
de cette voie royale, mais il ne s'agit que
de l'avenue des Champs-Élysées avec ses
bars cosmopolites, ses poules de luxe et le
Claridge, caravansérail hanté par le fan-
tôme de Stavisky. Tristesse du *Lido*. Étapes navrantes que sont le *Fouquet's* et le
Colisée. Tout était truqué d'avance. Place
de la Concorde, tu portes des chaussures
en lézard, une cravate à pois blancs et une
petite gueule de gigolo. Après un détour
par le quartier « Madeleine-Opéra », tout
aussi vil que les « Champs-Élysées », tu
poursuis ton itinéraire et ce que le médecin
appelle ta DÉ-COM-PO-SI-TION MO-
RA-LE sous les arcades de la rue de Rivoli.
*Continental, Meurice, Saint James et d'Al-
bany,* où j'exerce le métier de rat d'hôtel.
Les riches clientes me font quelquefois
monter dans leur chambre. A l'aube, je
fouille leur sac à main et leur dérobe quel-

ques bijoux. Plus loin, Rumpelmayer aux parfums de chairs flétries. Les tantes que l'on agresse, la nuit, dans les jardins du Carrousel, pour leur piquer bretelles et portefeuille. Mais la vision se fait tout à coup plus nette : me voici au chaud, dans le ventre de Paris. Où se situe exactement la frontière? Il suffit de traverser la rue du Louvre ou la place du Palais-Royal. Tu t'enfonces vers les Halles en suivant de petites rues puantes. Le ventre de Paris est une jungle zébrée de néons multicolores. Autour de toi, des cageots de légumes renversés et des ombres qui charrient de gigantesques quartiers de buffle. Quelques visages blafards et outrageusement maquillés surgissent un instant puis disparaissent. Désormais tout est possible. On te recrutera pour les plus basses besognes avant de te régler définitivement ton compte. Et si tu échappes — par une dernière astuce, une dernière lâcheté — à tout ce peuple de poissardes et de bouchers tapis dans l'ombre, tu iras mourir un peu plus loin, de l'autre côté du boulevard de Sébastopol, au milieu de cette esplanade. Ce terrain vague. Le médecin l'a dit. Te voici parvenu au terme de ton itinéraire et tu ne peux plus revenir sur tes pas. Trop tard. Les trains ne marchent plus. Nos promenades du dimanche le long de la petite ceinture, cette ligne de chemin de fer désaffectée...

Nous faisions, en la suivant, le tour de Paris. Porte de Clignancourt. Boulevard Pereire. Porte Dauphine. Plus loin, Javel... On avait transformé les gares qui la desservaient en dépôts ou en cafés. Certaines, on les avait laissées intactes et je pouvais croire qu'un train y passerait d'un instant à l'autre, mais l'horloge, depuis cinquante ans, marquait la même heure. J'ai toujours éprouvé une tendresse particulière pour la gare d'Orsay. Au point d'y attendre encore les grands pullmans bleu ciel qui vous emmènent en Terre promise. Comme ils ne viennent pas, je traverse le pont Solférino en sifflotant une java. Ensuite, je sors de mon portefeuille la photographie du docteur Marcel Petiot, pensif, au banc des accusés, avec, derrière lui, toutes ces piles de valises : espoirs, projets avortés, et le juge, en les désignant, me demande : « Dis, qu'as-tu fait de ta jeunesse? » tandis que mon avocat (ma mère, en l'occurrence, car personne n'a accepté de me défendre) tente de le persuader, lui et les membres du jury, que « pourtant, j'étais un garçon qui promettait », « un garçon ambitieux », un de ces garçons dont on dit : « Il aura un bel avenir. » La preuve, monsieur le Juge : ces

valises, derrière lui, sont d'excellente
qualité. Du cuir de Russie, monsieur le
Juge. — Que peut me faire, madame, la
qualité de ces valises puisqu'elles ne sont
jamais parties? Et tous me condamnent à
mort. Ce soir, il faut que tu te couches tôt.
Demain, c'est jour d'affluence au bordel.
N'oublie pas tes fards et ton rouge à
lèvres. Exerce-toi encore une fois devant la
glace : ton clin d'œil doit avoir la douceur
du velours. Tu rencontreras beaucoup de
maniaques qui te réclameront les choses
les plus invraisemblables. Ces vicieux me
font peur. Si je les mécontente, ils me
liquideront. Pourquoi n'a-t-elle pas crié :
« Vive la nation! » Moi, je le répéte-
rai autant de fois qu'ils le veulent. Je suis
la plus docile des putains. — Buvez, mais
buvez donc, me dit Zieff d'une voix
suppliante. — Un peu de musique? propose Violette Morris. Le Khédive se dirige
vers moi en souriant : — Le lieutenant va
arriver dans dix minutes. Vous lui direz
bonjour comme si de rien n'était. — Une
chanson sentimentale, demande Frau Sultana. — sen-ti-men-ta-le! hurle la
baronne Lydia. — Ensuite, vous tâcherez
de l'entraîner à l'extérieur du café. —
Negra noche, s'il vous plaît, demande Frau
Sultana. — De manière que nous puissions
l'appréhender plus facilement. Ensuite,

nous irons arrêter les autres à leur domicile. — *Five Feet Two*, minaude Frau Sultana. C'est la chanson que je préfère. — Un beau coup de filet en perspective. Je vous remercie pour vos renseignements, mon petit. — Et puis non ! déclare Violette Morris. Je veux entendre *Swing Troubadour !* L'un des frères Chapochnikoff tourne la manivelle du gramophone. Le disque est rayé. On a l'impression que la voix du chanteur va se briser d'un instant à l'autre. Violette Morris bat la mesure, en murmurant les paroles :

> *Mais ton amie est en voyage*
> *Pauvre Swing Troubadour...*

Le lieutenant. Était-ce une illusion due à mon extrême fatigue ? Certains jours je l'entendais me tutoyer. Sa morgue avait fondu et les traits de son visage s'affaissaient. Il ne restait plus en face de moi qu'une très vieille dame qui me regardait avec tendresse.

> *Et cueillant des roses printanières*
> *Tristement elle fit un bouquet...*

Une lassitude, un désarroi le prenait comme s'il se rendait compte, tout à coup, qu'il ne pouvait rien pour moi. Il répétait :

« Ton cœur de midinette, midinette, midinette, midinette... » Il voulait dire, sans doute, que je n'étais pas un « mauvais bougre » (l'une de ses expressions). J'aurais voulu, à ces moments-là, le remercier pour la gentillesse qu'il me témoignait, lui si sec, si autoritaire d'habitude, mais je ne trouvais pas les mots. Au bout d'un moment je parvenais à bredouiller : « Mon cœur, il est resté aux Batignolles » et je souhaitais que cette phrase lui dévoilât ma vraie nature : celle d'un garçon assez fruste, émotif — non — actif secondaire et pas méchant du tout.

Pauvre Swing Troubadour
Pauvre Swing Troubadour...

Le disque s'est arrêté. — Martini sec, jeune homme? me demande Lionel de Zieff. Les autres se rapprochent de moi. — Un nouveau malaise? me demande le marquis Baruzzi. — Je vous trouve bien pâle. — Et si nous lui faisions prendre l'air? propose Rosenheim. Je n'avais pas remarqué la grande photo de Pola Négri, derrière le bar. Ses lèvres ne bougent pas, les traits de son visage sont lisses et empreints de sérénité. Elle considère toute cette scène avec indifférence. Le cliché jauni la rend encore plus lointaine. Pola Négri ne peut rien pour moi.

Le lieutenant. Il est entré au café *Zelly's* en compagnie de Saint-Georges, vers minuit, comme convenu. Tout s'est passé très vite. Je leur fais un signe de la main. Je n'ose pas les regarder dans les yeux. Je les entraîne hors du café. Le Khédive, Gouari et Vital-Léca les entourent aussitôt, revolver au poing. A ce moment-là, je les regarde droit dans les yeux. Ils me considèrent d'abord avec stupéfaction, puis avec une sorte de mépris joyeux. Au moment où Vital-Léca leur tend les menottes, ils se dégagent, courent en direction du boulevard. Le Khédive tire trois coups de feu. Ils s'écroulent à l'angle de la place et de l'avenue Victoria.

Sont arrêtés dans l'heure qui suit :

Corvisart : 2, avenue Bosquet ;

Pernety : 172, rue de Vaugirard ;

Jasmin : 83, boulevard Pasteur ;

Obligado : 5, rue Duroc ;

Picpus : 17, avenue Félix-Faure ;

Marbeuf et Pelleport : 28, avenue de Breteuil.

Je sonnais chaque fois à la porte et, pour les mettre en confiance, leur disais mon nom.

Ils dorment. Coco Lacour occupe la plus grande chambre de la maison. J'ai installé Esmeralda dans une pièce bleue qui appartenait sans doute à la fille des propriétaires. Ceux-ci ont quitté Paris en juin « à la suite des événements ». Ils reviendront quand l'ordre ancien sera rétabli, qui sait? la saison prochaine... et nous chasseront de leur hôtel particulier. J'avouerai devant le tribunal que je m'étais introduit par effraction dans cette demeure. Le Khédive, Philibert et les autres comparaîtront en même temps que moi. Le monde aura repris ses couleurs habituelles, Paris s'appellera de nouveau la Ville Lumière et le public des assises écoutera, un doigt dans le nez, l'énumération de nos crimes : délations, passages à tabac, vols, assassinats, trafics de toute espèce — choses qui sont, à l'heure où j'écris ces lignes, monnaie courante. Qui acceptera de venir témoigner en ma faveur? Le fort de Montrouge par un matin de décembre. Le peloton d'exécution. Et toutes les horreurs que Madeleine Jacob écrira sur mon compte. (Ne les lis pas, maman.) De toute façon, mes complices me tueront avant même que la Morale, la Justice, l'Humain aient reparu au grand jour pour me confondre.

Je voudrais laisser quelques souvenirs : au moins transmettre à la postérité les noms de Coco Lacour et d'Esmeralda. Cette nuit, je veille sur eux mais pour combien de temps encore? Que deviendront-ils sans moi? Ils furent mes seuls compagnons. Doux et silencieux comme des gazelles. Vulnérables. Je me rappelle avoir découpé dans un magazine la photographie d'un chat que l'on venait de sauver de la noyade. Le poil trempé et dégoulinant de vase. Une corde lui enserrait le cou à l'extrémité de laquelle était attachée une pierre. Jamais regard ne m'a paru aussi bon que le sien. Coco Lacour et Esmeralda lui ressemblent. Entendez-moi bien : je ne suis pas membre de la Société protectrice des animaux ni de la Ligue des Droits de l'Homme. Ce que je fais? Je marche à travers une ville désolée. Le soir, vers neuf heures, elle s'enfonce dans le black-out, et le Khédive, Philibert, tous les autres forment une ronde autour de moi. Les jours sont blancs et torrides. Il faut que je trouve une oasis, sous peine de crever : mon amour pour Coco Lacour et Esmeralda. Je suppose qu'Hitler lui-même éprouvait le besoin de se détendre en caressant son chien. JE LES PROTÈGE. Quiconque voudra leur faire du mal aura affaire à moi. Je tâte le silencieux que le

Khédive m'a donné. Mes poches sont bourrées de fric. Je porte l'un des plus beaux noms de France (je l'ai volé, mais cela n'a aucune importance par les temps qui courent). Je pèse quatre-vingt-dix-huit kilos à jeun. Des yeux de velours. Un garçon qui « promettait ». Mais qui promettait quoi? Toutes les fées se sont penchées sur mon berceau. Elles avaient bu sans doute. Vous vous attaquez à forte partie. Alors, NE LES TOUCHEZ PAS! Je les ai rencontrés pour la première fois à la station de métro Grenelle et j'ai compris qu'un geste, un souffle suffirait pour les briser. Je me demande par quel miracle ils étaient là, encore vivants. J'ai pensé à ce chat sauvé de la noyade. Le géant roux et aveugle s'appelait Coco Lacour, la petite fille — ou la petite vieille — Esmeralda. Devant ces deux êtres, j'ai éprouvé de la pitié. Une marée âcre et violente me submergeait. Puis, avec le ressac, un vertige m'a pris : les pousser sur les rails du métro. J'ai dû m'enfoncer les ongles dans les paumes et me raidir. La marée m'a englouti de nouveau et le déferlement des vagues était si doux que je m'y abandonnai, les yeux fermés.

Chaque nuit, j'entrouvre la porte de leur chambre, le plus doucement possible, et les regarde dormir. J'éprouve le même vertige que la première fois : tirer le silencieux de ma poche et les tuer. Je trancherai la dernière amarre et atteindrai ce pôle Nord, où l'on n'a même plus la ressource des larmes pour adoucir sa solitude. Elles gèlent au bord des cils. Un chagrin sec. Deux yeux grands ouverts sur une végétation aride. Si j'hésite encore à me débarrasser de cet aveugle et de cette petite fille — ou de cette petite vieille —, trahirai-je au moins le lieutenant? Il a, contre lui, son courage, son assurance et le panache dont il drape le moindre de ses gestes. Son regard bleu et droit m'exaspère. Il appartient à la race encombrante des héros. Pourtant, je ne peux m'empêcher de le voir sous les traits d'une très vieille dame indulgente. Je ne prends pas les hommes au sérieux. Un jour, je finirai par les considérer tous — et moi-même — avec le regard que je pose en ce moment sur Coco Lacour et Esmeralda. Les plus durs, les plus orgueilleux m'apparaîtront comme des infirmes qu'il faudrait protéger.

Ils ont fait leur partie de mah-jong dans le salon avant de se coucher. La lampe jetait une clarté douce sur la bibliothèque et le portrait grandeur nature de Monsieur de Bel-Respiro. Ils déplaçaient lentement les figurines du jeu. Esmeralda inclinait la tête et Coco Lacour mordillait son index.

Le silence, tout autour de nous. J'ai fermé les volets. Coco Lacour s'endort très vite. Esmeralda a peur du noir, si bien que je laisse toujours sa porte entrebâillée et de la lumière dans le corridor. Je lui fais la lecture pendant un quart d'heure environ. Le plus souvent un ouvrage que j'ai découvert sur la table de nuit de sa chambre quand j'ai pris possession de cet hôtel particulier : *Comment élever nos filles*, par Madame Léon Daudet. « C'est surtout devant l'armoire à linge que la fillette commencera à éprouver le sentiment grave des choses de la maison. En effet, l'armoire à linge n'est-elle pas la représentation la plus imposante de la sécurité et de la stabilité familiales? Derrière ses portes massives, on voit alignées les piles de draps frais, les nappes damassées, les serviettes bien pliées; rien n'est à mon avis plus reposant à voir qu'une belle armoire à linge... » Esmeralda s'est endormie. J'égrène quelques notes sur le piano du salon. Je m'appuie contre la fenêtre. Une place calme, comme on en trouve dans le XVIᵉ arrondissement. Les feuillages des arbres caressent la vitre. Je croirais volontiers que la maison m'appartient. La bibliothèque, les lampes à abat-jour rose et le piano me sont devenus familiers. Je voudrais cultiver les vertus domestiques, comme me le conseille Madame Léon Daudet, mais je n'en aurai pas le temps.

Les propriétaires reviendront, un jour ou l'autre. Ce qui m'attriste le plus, c'est qu'ils chasseront Coco Lacour et Esmeralda. Je ne m'attendris pas sur mon compte. Les seuls sentiments qui m'animent sont : la Panique (à cause de quoi je commettrai mille lâchetés) et la Pitié envers mes semblables : si leurs grimaces m'effraient, je les trouve quand même bien émouvants. Passerai-je l'hiver au milieu de ces maniaques? J'ai mauvaise mine. Mes allées et venues perpétuelles du lieutenant au Khédive et du Khédive au lieutenant sont épuisantes. Je voudrais à la fois contenter les uns et les autres (pour qu'ils m'épargnent) et ce double jeu exige une résistance physique que je n'ai pas. Alors, il me vient brusquement une envie de pleurer. Mon insouciance fait place à un état que les Juifs anglais appellent *nervous break down*. Je zigzague à travers un labyrinthe de réflexions et j'en arrive à conclure que tous ces gens, répartis en deux clans opposés, se sont ligués secrètement pour me perdre. Le Khédive et le lieutenant ne font qu'une seule personne et je ne suis moi-même qu'un papillon affolé allant d'une lampe à l'autre et se brûlant chaque fois un peu plus les ailes.

Esmeralda pleure. J'irai la consoler. Ses cauchemars sont brefs et elle se rendormira aussitôt. J'attendrai le Khédive, Philibert et les autres en jouant au mah-jong. Je ferai une dernière fois le tour de la situation. D'un côté les héros « tapis dans l'ombre » : le lieutenant et les crânes petits saint-cyriens de son état-major. De l'autre, le Khédive et les gangsters de son entourage. Et moi, ballotté entre les deux avec des ambitions, oh, bien modestes : BARMAN dans une auberge des environs de Paris. Un grand portail, une allée de graviers. Un parc autour et un mur d'enceinte. Par temps clair on verrait des fenêtres du troisième étage le faisceau de la tour Eiffel balayer l'horizon.

Barman. On s'y fait. C'est douloureux quelquefois. Surtout aux alentours de la vingtième année, quand on se croyait sollicité par un destin plus brillant. Moi pas. De quoi s'agit-il? Préparer des cocktails. Le samedi soir, les commandes se succèdent à un rythme accéléré. Gin-fizz. Alexandra. Dame-Rose. Irish coffee. Un zeste de citron. Deux punchs martiniquais. Les clients, de plus en plus nombreux, assiègent le bar derrière lequel je mélange les liquides aux couleurs d'arc-en-ciel. Ne pas les faire attendre. Je crains qu'ils ne se précipitent sur moi au moindre relâchement. Si je remplis leur verre avec rapidité, c'est pour les tenir à distance. Je n'aime pas beaucoup les contacts humains. Porto-Flip? Tout ce qu'ils voudront. Je dispense les alcools. Une manière comme une autre de se protéger de ses semblables et, pourquoi pas? de s'en débarrasser. Curaçao? Marie Brizard? Leurs visages se congestionnent. Ils titubent et s'effondreront tout à l'heure ivres morts. Accoudé au bar, je les regarderai dormir. Ils ne pourront plus me faire de mal. Le silence, enfin. Mon souffle toujours court.

Derrière moi, les photos d'Henri Garat, de Fred Bretonnel et de quelques autres vedettes d'avant-guerre dont le temps a voilé les sourires. A portée de la main un numéro de *L'Illustration* consacré au paquebot *Normandie*. Le grill-room, les places arrière. La salle de jeux des enfants. Le Fumoir. Le Grand Salon. La fête donnée le 25 mai au profit des œuvres de mer et présidée par Madame Flandin. Englouti, tout cela. J'ai l'habitude. Je me trouvais déjà à bord du *Titanic* quand il a fait naufrage. Minuit. J'écoute de vieilles chansons de Charles Trenet :

> ... *Bonsoir*
> *Jolie madame...*

Le disque est rayé mais je ne me lasse pas
de l'entendre. Quelquefois j'en mets un
autre sur le gramophone :

> *Tout est fini, plus de prom'nades*
> *Plus de printemps, Swing Troubadour...*

L'auberge, tel un bathyscaphe, échoue
au milieu d'une ville engloutie. L'Atlanti-
de? Des noyés glissent boulevard Hauss-
mann.

> *... Ton destin*
> *Swing Troubadour...*

Au *Fouquet's,* ils demeurent autour des
tables. La plupart ont perdu tout aspect
humain. C'est à peine si l'on distingue
leurs viscères sous des lambeaux d'habits
bariolés. Gare Saint-Lazare, dans la salle
des pas perdus, les cadavres dérivent en
groupes compacts et j'en vois qui
s'échappent par les portières des trains de
banlieue. Rue d'Amsterdam, ils sortent
du cabaret *Monseigneur,* verdâtres, mais
beaucoup mieux conservés que les précédents. Je poursuis mon itinéraire. *Élysée-
Montmartre. Magic-City. Luna-Park.
Rialto-Dancing.* Dix mille, cent mille
noyés, avec des gestes d'une infinie langueur, comme les personnages d'un film

qui passe au ralenti. Le silence. Ils frôlent quelquefois le bathyscaphe et leurs visages viennent se coller au hublot : yeux éteints, bouches entrouvertes

... *Swing Troubadour*...

Je ne pourrai pas remonter à la surface. L'air se raréfie, la lumière du bar vacille et je me retrouve gare d'Austerlitz en été. Les gens partent pour la zone Sud. Ils se bousculent aux guichets des grandes lignes et montent dans les wagons à destination d'Hendaye. Ils franchiront la frontière espagnole. On ne les reverra jamais plus. Quelques-uns se promènent encore sur les quais mais se volatiliseront d'un instant à l'autre. Les retenir? Je marche vers l'ouest de Paris. Châtelet. Palais-Royal. Place de la Concorde. Le ciel est trop bleu, les feuillages beaucoup trop tendres. Les jardins des Champs-Élysées ressemblent à une station thermale.

Avenue Kléber. Je tourne à gauche. Square Cimarosa. *Une place calme comme il y en a dans le XVIᵉ arrondissement.* On ne se sert plus du kiosque à musique et la statue de Toussaint-Louverture est rongée par une lèpre grise. L'hôtel particulier du 3 *bis* appartenait jadis à Monsieur et Madame de Bel-Respiro. Ils y donnèrent.

le 13 mai 1897, un bal persan au cours duquel le fils de Monsieur de Bel-Respiro accueillait les convives en costume de rajah. Ce jeune homme mourut le lendemain dans l'incendie du Bazar de la Charité. Madame de Bel-Respiro aimait la musique et particulièrement *Le Rondel de l'Adieu* d'Isidore de Lara. Monsieur de Bel-Respiro peignait à ses moments perdus. Il faut bien que je donne ces détails puisque tout le monde les a oubliés.

Le mois d'août à Paris provoque l'afflux des souvenirs. Le soleil, les avenues vides, le bruissement des marronniers... Je m'assieds sur un banc et contemple la façade de briques et de pierres. Les volets sont fermés depuis longtemps. Au troisième étage se trouvaient les chambres de Coco Lacour et d'Esmeralda. J'occupais la mansarde de gauche. Dans le salon un autoportrait grandeur nature de Monsieur de Bel-Respiro, en uniforme d'officier des spahis. Je fixais pendant de longues minutes son visage et sa poitrine couverte de décorations. Légion d'honneur. Croix du Saint-Sépulcre. Danilo de Monténégro. Croix de Saint-Georges de Russie. Tour et épée de Portugal. J'avais profité de l'absence de cet homme pour m'installer dans sa maison. Le cauchemar finira, Monsieur de Bel-Respiro va revenir et nous chasser, me disais-je, pendant que l'on torturait ce pauvre type et qu'il maculait de son sang le tapis de la Savonnerie. Il se passait des choses bien curieuses, au 3 *bis*, du temps où j'y habitais. Certaines nuits, j'étais réveillé par des cris de douleur et des allées et venues au rez-de-chaussée. La voix du Khédive. Celle de Philibert. Je regardais à la fenêtre. On poussait deux ou trois ombres dans des automobiles qui stationnaient devant l'hôtel. Les portières claquaient. Un bruit de moteur de plus en plus lointain. Le silence. Impossible de retrouver le sommeil. Je pensais au fils de Monsieur de Bel-Respiro et à sa mort affreuse. On ne l'avait certainement pas élevé dans cette idée-là. De même, on aurait bien étonné la princesse de Lamballe en lui décrivant quelques années à l'avance son assassinat. Et moi? Qui aurait pu prévoir que je deviendrais le complice d'une bande de tortionnaires? Mais il suffisait d'allumer la lampe et de descendre au salon pour que les choses reprissent leur aspect anodin. L'autoportrait de Monsieur de Bel-Respiro était toujours là. Le parfum d'Arabie qu'utilisait Madame de Bel-Respiro avait imprégné les murs et vous faisait tourner la tête. La maîtresse de maison souriait. J'étais son fils, le lieutenant de vaisseau

Maxime de Bel-Respiro, en permission, et j'assistais à l'une de ces soirées qui réunissaient au 3 *bis* les artistes et les hommes politiques : Ida Rubinstein, Gaston Calmette, Frédéric de Madrazzo, Louis Barthou, Gauthier-Villars, Armande Cassive, Bouffe de Saint-Blaise, Frank Le Harivel, José de Strada, Mery Laurent, Mademoiselle Mylo d'Arcille. Ma mère jouait au piano *Le Rondel de l'Adieu*. Tout à coup je remarquai sur le tapis de la Savonnerie quelques petites taches de sang. On avait renversé l'un des fauteuils Louis XV : le type qui criait tout à l'heure s'était sans doute débattu pendant qu'on le passait à tabac. Au pied de la console, une chaussure, une cravate, un stylo. Inutile dans ces conditions d'évoquer plus longtemps la charmante assemblée du 3 *bis*. Madame de Bel-Respiro avait quitté la pièce. Je tentais de retenir les convives. José de Strada qui récitait un passage de ses *Abeilles d'or* s'interrompait pétrifié. Mademoiselle Mylo d'Arcille s'était évanouie. On allait assassiner Barthou. Calmette aussi. Bouffe de Saint-Blaise et Gauthier-Villars avaient disparu. Frank Le Harivel et Madrazzo n'étaient plus que deux papillons affolés. Ida Rubinstein, Armande Cassive et Mery Laurent devenaient transparentes. Je me retrouvais seul devant l'autoportrait de

Monsieur de Bel-Respiro. J'avais vingt ans.

Dehors, le black-out. Et si le Khédive et Philibert revenaient avec leurs automobiles? Décidément je n'étais pas fait pour vivre dans une époque aussi ténébreuse. Jusqu'à l'aube, pour me rassurer, je fouillais toutes les armoires de la maison. Monsieur de Bel-Respiro avait laissé en partant un cahier rouge où il consignait ses souvenirs. Je l'ai relu bien des fois, au cours de ces nuits de veille. « Frank Le Harivel résidait 8, rue Lincoln. On a oublié ce parfait cavalier dont la silhouette était jadis familière aux promeneurs de l'allée des Acacias... » « Mademoiselle Mylo d'Arcille, une jeune femme fort séduisante dont se souviennent peut-être encore les vieux habitués de nos vieux music-halls... » « José de Strada, l' " ermite de la Muette ", était-il un génie méconnu? Voilà une question qui n'intéresse plus personne. » « Ici mourut seule et dans la misère Armande Cassive... » Il avait le sens de l'éphémère, cet homme. « Qui se souvient encore d'Alec Carter, le brillant jockey? et de Rita del Erido? » La vie est injuste.

Dans les tiroirs, deux ou trois photos jaunies, de vieilles lettres. Un bouquet de fleurs séchées sur le secrétaire de Madame de Bel-Respiro. A l'intérieur d'une malle qu'elle n'avait pas emportée, plusieurs robes de chez Worth. Une nuit, j'ai revêtu la plus belle : en poult-de-soie bleu avec tulle-illusion et guirlande de volubilis roses. Je n'éprouve pas le moindre goût pour le travesti mais à ce moment-là ma situation me semblait si misérable et si grande ma solitude que je voulus me remonter le moral en affectant une extrême frivolité. Devant la glace de Venise du salon (je m'étais coiffé d'un chapeau Lamballe où se mêlaient des fleurs, des plumes et des dentelles) j'eus vraiment envie de rire. Les assassins profitaient du black-out. Vous ferez semblant de jouer leur jeu, m'avait dit le lieutenant, mais il savait bien qu'un jour ou l'autre je deviendrais leur complice. Alors pourquoi m'avait-il abandonné? On ne laisse pas un enfant tout seul dans le noir. Les premiers temps, il en a peur, il s'y habitue et finit par oublier définitivement le soleil. Paris ne s'appellerait plus jamais la Ville Lumière, je portais une robe et un chapeau que m'aurait enviés Émilienne d'Alençon et je pensais à la légèreté, la nonchalance avec lesquelles je menais ma vie. Le Bien, la Justice, le Bonheur, la Liberté, le Progrès exigeaient beaucoup trop d'efforts et des esprits plus chimériques que le mien, n'est-ce pas? Tout en faisant ces réflexions, je commençai à me maquiller. J'utilisai les fards de Madame de Bel-Respiro, du khôl et du serkis, ce rouge qui — paraît-il — rend à la peau des sultanes le velouté de la jeunesse. J'ai poussé la conscience professionnelle jusqu'à semer sur mon visage des grains de beauté en forme de cœur, de lune ou de comète. Et puis, pour passer le temps, j'ai attendu, jusqu'à l'aube, l'apocalypse.

Cinq heures de l'après-midi. Du soleil, tombent sur la place de grandes nappes de silence. J'ai cru distinguer une ombre derrière la seule fenêtre dont les volets ne soient pas clos. Qui habite encore au 3 *bis*? Je sonne. Quelqu'un descend les escaliers. On entrouvre. Une vieille femme. Elle me demande ce que je veux. Visiter la maison. Elle me répond d'une voix sèche que c'est impossible en l'absence des propriétaires. Puis referme la porte. Elle m'observe maintenant, le front collé au carreau.

Avenue Henri-Martin. Les premières allées du Bois de Boulogne. Poussons jusqu'au lac Inférieur. J'allais souvent dans l'île en compagnie de Coco Lacour et d'Esmeralda. Dès cette époque je poursuivais mon idéal : considérer de loin — du plus loin possible — les hommes, leur agitation, leurs féroces manigances. L'île me semblait un endroit approprié avec ses pelouses et son kiosque chinois. Quelques pas encore. Le Pré Catelan. Nous y étions venus la nuit où j'ai dénoncé tous les membres du réseau. Ou bien était-ce à la Grande Cascade? L'orchestre jouait une valse créole. Le vieux monsieur et la vieille dame à la table voisine de la nôtre... Esmeralda buvait une grenadine, Coco Lacour fumait son cigare... Bientôt le Khédive et Philibert me harcèleraient de questions. Une ronde autour de moi, de plus en plus rapide, de plus en plus bruyante, et je finirai par céder pour qu'ils me laissent tranquille. En attendant, je profitais de ces minutes de trêve. Il souriait. Elle faisait des bulles avec sa paille... je les revois comme sur un daguerréotype. Le temps a passé. Si je n'écrivais pas leur nom : Coco Lacour, Esmeralda, il n'y aurait aucune trace de leur séjour en ce monde.

Un peu plus loin, à l'ouest, la Grande Cascade. Nous n'allions jamais au-delà : des sentinelles gardaient le pont de Suresnes. Il doit s'agir d'un mauvais rêve. Tout est si calme maintenant, le long de l'allée du bord de l'eau. D'une péniche quelqu'un m'a salué en agitant le bras... Je me rappelle ma tristesse quand nous nous aventurions jusqu'ici. Impossible de traverser la Seine. Il fallait retourner à l'intérieur du Bois. Je comprenais que nous étions l'objet d'une chasse à courre et qu'ils finiraient par nous débusquer. Les trains ne marchaient pas. Dommage. J'aurais voulu les semer une fois pour toutes. Gagner Lausanne, en pays neutre. Nous nous promenons, Coco Lacour, Esmeralda et moi, le long du lac Léman. A Lausanne, nous ne craignons plus rien. C'est la fin d'un bel après-midi d'été, comme aujourd'hui. Boulevard de la Seine. Avenue de Neuilly. La Porte Maillot. Après avoir quitté le Bois, nous nous arrêtions quelquefois à Luna-Park. Coco Lacour aimait les jeux de balles et la galerie des glaces déformantes. Nous montions dans la chenille « Sirocco » qui tournait de plus en plus vite. Les rires, la musique. Un stand avec cette inscription en lettres lumineuses : « L'ASSASSINAT DE LA PRINCESSE DE LAMBALLE. » On y voyait une femme allongée. Au-dessus du lit, une cible rouge que les amateurs s'efforçaient d'atteindre à coups de revolver. Chaque fois qu'ils faisaient mouche, le lit basculait et la femme tombait en criant. D'autres attractions sanglantes. Tout cela n'était guère de notre âge et nous avions peur comme trois enfants qu'on abandonne au milieu d'une fête infernale. De tant de frénésie, tumulte, violences, que reste-t-il? Une esplanade vide en bordure du boulevard Gouvion-Saint-Cyr. Je connais le quartier. J'y habitais jadis. Place des Acacias. Une chambre au sixième étage. En ce temps-là, tout allait pour le mieux : j'avais dix-huit ans et je touchais, grâce à de faux papiers, une retraite de la marine. Personne apparemment ne me voulait de mal. Très peu de contacts humains : ma mère, quelques chiens, deux ou trois vieillards et Lili Marlene. Des après-midi passés à lire ou à me promener. La pétulance des gens de mon âge m'étonnait. Ils couraient au-devant de la vie, ces garçons. Les yeux brillants. Moi, je me disais qu'il valait mieux ne pas se faire remarquer. Une extrême modestie. Des complets aux couleurs neutres. Telle était mon opinion. Place Pereire. Le soir, pendant la belle saison, je m'asseyais à la terrasse du *Royal-Villiers*. Quelqu'un qui occupait la table voisine de la mienne m'a souri. Cigarette? Il m'a tendu un paquet de Khédives, et nous avons engagé la conversation. Il dirigeait une agence de police privée, avec un ami. Tous deux m'ont proposé d'entrer à leur service. Mon œil candide et mes manières de bon jeune homme leur avaient plu. Je me suis occupé des filatures. Par la suite, ils m'ont fait travailler sérieusement : enquêtes, recherches en tous genres, missions confidentielles. Je disposais d'un bureau pour moi tout seul au siège de l'agence, 177, avenue Niel. Mes patrons n'avaient rien de recommandable : Henri Normand, surnommé « Le Khédive » (à cause des cigarettes qu'il fumait), était un ancien repris de justice ; Pierre Philibert, un inspecteur principal révoqué. Je m'aperçus qu'ils me chargeaient de besognes « peu conformes à la morale ». Pourtant, pas une minute ne me vint à l'esprit d'abandonner cet emploi. Dans mon bureau de l'avenue Niel je prenais conscience de mes responsabilités : en premier lieu assurer le confort matériel de maman qui se trouvait fort démunie. Je regrettais d'avoir négligé jusque-là mon rôle de soutien de famille mais, maintenant que je travaillais et touchais de gros salaires, je serais un fils irréprochable.

Avenue de Wagram. Place des Ternes. A ma gauche la brasserie Lorraine où je lui avais donné rendez-vous. Il était victime d'un chantage et comptait sur notre agence pour le tirer de cette situation. Ses yeux de myope. Ses mains tremblaient. Il me demanda en bredouillant si j'avais « les papiers ». Je lui ai répondu oui d'une voix très douce, mais qu'il devait me donner

20 000 francs. Cash. Ensuite, on verrait. Nous nous sommes retrouvés le lendemain, au même endroit. Il m'a tendu une enveloppe. Le compte y était. Au lieu de lui remettre « les papiers », je me levai et déguerpis. On hésite à employer de tels procédés et puis on s'y habitue. Mes patrons me donnaient une commission de dix pour cent quand je traitais ce genre d'affaires. Le soir, j'apportais à maman des tombereaux d'orchidées. Elle s'inquiétait de me voir si riche. Peut-être devinait-elle que je gâchais ma jeunesse pour quelques billets de banque. Elle ne m'a jamais questionné là-dessus. *Le temps passe très vite,*

et les années vous quittent.
Un jour, on est un grand garçon...

J'aurais préféré me consacrer à une cause plus noble que cette pseudo-agence de police privée. La médecine m'aurait plu, mais les blessures, la vue du sang m'indisposent. Par contre, je supporte très bien la laideur morale. D'un naturel méfiant, j'ai l'habitude de considérer les gens et les choses par leur mauvais côté pour n'être pas pris au dépourvu. Je me sentais donc parfaitement à l'aise avenue Niel où l'on ne parlait que de chantages, abus de confiance, vols, escroqueries, trafics de toute espèce et où nous recevions des clients qui appartenaient à une humanité fangeuse. (Sur ce dernier chapitre, mes patrons n'avaient rien à leur envier.) Un seul élément positif : je gagnais, comme je l'ai déjà dit, de gros salaires. J'y attache de l'importance. C'est au mont-de-piété de la rue Pierre-Charron (nous y allions souvent ma mère et moi. On refusait de nous prendre nos bijoux en toc) que j'ai décidé une fois pour toutes que la pauvreté m'emmerdait. On pensera que je manque d'idéal. J'avais au départ une grande fraîcheur d'âme. Cela se perd, en cours de route. Place de l'Étoile. Neuf heures du soir. Les réverbères des Champs-Élysées étincellent comme autrefois. Ils n'ont pas tenu leurs promesses. Cette avenue qui semble de loin si majestueuse est l'un des endroits les plus vils de Paris. *Claridge, Fouquet's, Hungaria, Lido, Embassy, Butterfly*... à chaque étape, je faisais de nouvelles rencontres : Costachesco, le baron de Lussatz, Odicharvi, Hayakawa, Lionel de Zieff, Pols de Helder... Rastas, avorteurs, chevaliers d'industrie, journalistes véreux, avocats et comptables marrons qui gravitaient autour du Khédive et de Monsieur Philibert. A quoi venait s'ajouter un bataillon de demi-mondaines, danseuses de genre, morphinomanes... Frau Sultana, Simone Bouquereau, la baronne Lydia Stahl, Violette Morris, Magda d'Andurian... Mes deux patrons m'introduisaient dans ce monde interlope. Champs Élysées. On appelait ainsi le séjour des ombres vertueuses et héroïques. Alors je me demande pourquoi l'avenue où je me trouve porte ce nom-là. J'y vois des ombres mais ce sont celles de Monsieur Philibert, du Khédive et de leurs acolytes. Voici sortant du *Claridge*, bras dessus, bras dessous, Joanovici et le comte de Cagliostro. Ils portent des costumes blancs et des chevalières en platine. Le jeune homme timide qui traverse la rue Lord-Byron s'appelle Eugène Weidmann. Immobile devant le *Pam-Pam*, Thérèse de Païva, la plus belle putain du Second Empire. A l'angle de la rue Marbeuf, le docteur Petiot m'a souri. Terrasse du *Colisée :* quelques trafiquants de marché noir sablent le champagne. Parmi eux le comte Baruzzi, les frères Chapochnikoff, Rachid von Rosenheim, Jean-Farouk de Méthode, Otto da Silva, tant d'autres... Si je parviens au Rond-Point j'échapperai peut-être à ces fantômes. Vite. Le silence et les feuillages du jardin des Champs-Élysées. Je m'y attardais souvent. Après avoir fréquenté tout l'après-midi les bars de l'avenue pour des motifs professionnels (rendez-vous « d'affaires » avec les personnages énumérés plus haut), je descendais vers ce jardin en quête d'un peu d'air pur. Je m'asseyais sur un banc, essoufflé. Les poches pleines de billets de banque. Vingt mille. Quelquefois cent mille francs.

Notre agence était — sinon approuvée — du moins tolérée par la Préfecture de police : nous lui fournissions les renseignements qu'elle nous demandait. Nous exercions d'autre part un racket sur les personnages énumérés plus haut. Ils croyaient ainsi s'assurer notre silence et notre protection, Monsieur Philibert entretenant des rapports suivis avec ses anciens collègues, les inspecteurs Rothé, David, Jalby, Jurgens, Santoni, Permilleux, Sadowsky, François et Detmar. Quant à moi, l'un de mes rôles était précisément de rassembler l'argent du racket. Vingt mille. Quelquefois cent mille francs. La journée avait été rude. Palabres à n'en plus finir. Je revoyais leurs visages : olivâtres, gras, des gueules d'anthropométrie. Certains s'étaient montrés récalcitrants et j'avais dû — moi si timide, si sentimental de nature — élever le ton, leur déclarer que j'allais immédiatement quai des Orfèvres s'ils ne payaient pas. Je leur parlais des petites fiches que mes patrons me chargeaient de tenir à jour et sur lesquelles étaient mentionnés leurs noms à tous et leur *curriculum vitae.* Pas très brillantes, ces petites fiches. Ils sortaient leurs portefeuilles en me traitant de « donneuse ». Ce qualificatif me faisait de la peine.

Je me retrouvais seul sur le banc. Il y a des endroits qui incitent à la méditation. Les squares par exemple, principautés perdues dans Paris, oasis malingres au milieu du vacarme et de la dureté des hommes. Les Tuileries. Le Luxembourg. Le Bois de Boulogne. Mais je n'ai jamais tant réfléchi qu'au jardin des Champs-Élysées. Quelle était au juste ma raison sociale? Maître chanteur? Indic de police? Je comptais les billets de banque et prélevais mes dix pour cent. J'irai chez Lachaume commander un buisson de roses rouges. Choisir deux ou trois bagues chez Ostertag. Puis chez Piguet, Lelong et Molyneux, acheter une cinquantaine de robes. Tout cela, pour Maman. Maître chanteur, gouape, donneuse, indic, assassin peut-être, mais fils exemplaire. C'était ma seule consolation. Le soir tombait. Les enfants quittaient le jardin après un dernier tour de manège. Là-bas les réverbères des Champs-Élysées s'allumaient d'un seul coup. Il aurait mieux valu — me disais-je — rester place des Acacias. Éviter soigneusement les carrefours et les boulevards à cause du bruit, des mauvaises rencontres. Quelle drôle d'idée de m'être assis à la terrasse du *Royal-Villiers*, place Pereire, moi si discret, si précautionneux et qui voulais à tout prix me faire oublier. Mais on doit débuter dans la vie. On n'y coupe pas. Elle finit par vous envoyer ses sergents recruteurs : en l'occurrence le Khédive et Monsieur Philibert. Un autre soir, sans doute, je serais tombé sur des personnages plus honorables qui m'auraient conseillé l'industrie des textiles ou la littérature. Ne me sentant aucune vocation particulière, j'attendais de mes aînés qu'ils me choisissent un emploi. A eux de savoir sous quels aspects ils me préféraient. Je leur laissais l'initiative. Boy-scout? Fleuriste? Tennisman? Non : Employé d'une pseudo-agence de police. Maître chanteur, indic, racketter. Cela m'a étonné tout de même. Je n'avais pas les vertus qu'exigent de tels travaux : la méchanceté, le manque de scrupules, le goût des fréquentations crapuleuses. Je m'y suis mis courageusement comme d'autres préparent leur C.A.P. de chaudronnier. Le plus curieux avec les garçons de mon espèce : ils peuvent aussi bien finir au Panthéon qu'au cimetière de

Thiais, carré des fusillés. On en fait des héros. Ou des salauds. On ignorera qu'ils ont été entraînés dans une sale histoire à leur corps défendant. Ce qui importait pour eux : leur collection de timbres-poste et de rester bien tranquilles, place des Acacias, à respirer à petits coups précis.

En attendant, je filais un mauvais coton. Ma passivité, le peu d'enthousiasme que je manifestais au seuil de la vie me rendaient d'autant plus vulnérable à l'influence du Khédive et de Monsieur Philibert. Je me répétais les paroles d'un docteur, mon voisin de palier, place des Acacias. « A partir de vingt ans, disait-il, on commence à pourrir. De moins en moins de cellules nerveuses, mon petit. » J'avais noté cette remarque dans un agenda car il faut toujours profiter de l'expérience de ses aînés. Il voyait juste, je m'en rendais compte maintenant. Mes trafics et les personnages troubles que je côtoyais me feraient perdre mon teint de rose. L'avenir? Une course au terme de laquelle je débouchais sur un terrain vague. Une guillotine vers laquelle on me traînait sans que je puisse reprendre mon souffle. Quelqu'un me murmurait à l'oreille : vous n'aurez retenu de la vie que ce tourbillon où vous vous êtes laissé emporter... musique tzigane de plus en plus rapide pour étouffer mes cris. Ce soir, décidément, le fond de l'air est doux. Comme jadis, à la même heure, les ânes de l'allée centrale s'en vont vers leurs écuries. Ils ont dû, tout le jour, promener des enfants. Ils disparaissent du côté de l'avenue Gabriel. On ne saura jamais rien de leurs peines. Une telle discrétion m'en imposait. A leur passage, je retrouvais le calme, l'indifférence. Je tâchais de rassembler mes idées. Elles étaient rares et toutes extrêmement banales. Je n'ai pas le goût des idées. Trop émotif pour cela. Paresseux. Après quelques minutes d'effort j'en arrivais toujours à la même conclusion : je mourrai un jour ou l'autre. De moins en moins de cellules nerveuses. Un long processus de pourrissement. Le médecin m'avait prévenu. Je dois ajouter que mon travail me prédisposait à la délectation morose : indic de police et maître chanteur à vingt ans, cela vous bouche pas mal d'horizons. Il flottait, 177, avenue Niel, une drôle d'odeur, à cause des meubles vieillots et du papier peint. La lumière n'était jamais franche. Derrière le bureau des casiers en bois où je rangeais les fiches de nos « clients ». Je les désignais par des noms de plantes vénéneuses : Coprin Noir d'Encre, Belladone, Bolet Satan, Jusquiame, Entolome livide... A leur contact, je me décalcifiais. Le parfum lourd de l'avenue Niel imprégnait mes vêtements. Je me laissais contaminer. Cette maladie? Un processus accéléré de vieillissement, une décomposition physique et morale comme le docteur l'avait prévu. Pourtant je n'ai pas le goût des situations morbides.

Un petit village
Un vieux clocher

combleraient mes ambitions. Je me trouvais, malheureusement, dans une ville, sorte d'immense Luna-Park où le Khédive et Monsieur Philibert me ballottaient de stands de tir en montagnes russes, de Grand-Guignol en chenilles « Sirocco ». A la fin, je m'allongeais sur un banc. Je n'étais pas fait pour tout ça. Je n'avais jamais rien demandé à personne. On était venu me chercher.

Quelques pas encore. A gauche, le théâtre des Ambassadeurs. On y donne *La Ronde de nuit,* une opérette bien oubliée. Il ne doit pas y avoir beaucoup de monde dans la salle. Une vieille dame, un vieux monsieur, deux ou trois touristes anglais. Je longe une pelouse, un dernier taillis. Place de la Concorde. Les réverbères me faisaient mal aux yeux. Je demeurais immobile, le souffle coupé. Au-dessus de

moi, les chevaux de Marly se cabraient et
de toutes leurs forces tentaient d'échapper
à l'emprise des hommes. Ils auraient voulu
s'élancer à travers la place. Une belle
étendue, le seul endroit de Paris où l'on
éprouve l'ivresse des grandes altitudes.
Paysage de pierres et d'étincelles. Là-bas,
du côté des Tuileries, l'Océan. J'étais sur
la plage arrière d'un paquebot qui voguait
vers le nord-ouest, emportant avec lui la
Madeleine, l'Opéra, le palais Berlitz,
l'église de la Trinité. Il sombrerait d'un
instant à l'autre. Nous reposerions demain
à cinq mille mètres de fond. Je ne craignais plus mes compagnons de bord. Rictus du baron de Lussatz; regard cruel
d'Odicharvi; la perfidie des frères
Chapochnikoff; Frau Sultana faisant saillir
la veine de son bras gauche à l'aide d'une
courroie et s'injectant de l'héroïne; Zieff,
sa vulgarité, son chronomètre en or, ses
mains grasses couvertes de bagues; Ivanoff et ses séances de paneurythmie
sexuélo-divine; Costachesco, Jean-Farouk
de Méthode, Rachid von Rosenheim par-
lant de leurs faillites frauduleuses; et la
cohorte des gangsters que le Khédive
recrutait en qualité d'hommes de main :
Armand le Fou, Jo Reocreux, Tony Breton, Vital-Léca, Robert le Pâle, Gouari,
Danos, Codébo... D'ici quelque temps, tous

97

ces ténébreux personnages seraient la proie des pieuvres, squales et murènes. Je partagerais leur sort. De plein gré. Cela m'était apparu très clairement une nuit où je traversais la place de la Concorde, les bras en croix. Mon ombre se projetait jusqu'au seuil de la rue Royale, ma main gauche atteignait le jardin des Champs-Élysées, ma main droite la rue Saint-Florentin. J'aurais pu me souvenir de Jésus-Christ mais je pensais à Judas Iscariote. On l'avait méconnu. Il fallait beaucoup d'humilité et de courage pour prendre à son compte toute l'ignominie des hommes. En mourir. Seul. Comme un grand. Judas, mon frère aîné. Nous étions l'un et l'autre d'un naturel méfiant. Nous n'espérions rien de nos semblables, ni de nous-mêmes, ni d'un sauveur éventuel. Aurais-je la force de suivre ton exemple jusqu'au bout? Un chemin difficile. Il faisait de plus en plus noir mais mon emploi d'indic et de maître chanteur me familiarisait avec cette obscurité. Je consignais les mauvaises pensées de mes compagnons de bord, tous leurs crimes. Après quelques semaines de travail intensif avenue Niel, plus rien ne m'étonnait. Ils auraient beau inventer de nouvelles grimaces, c'était vraiment peine perdue. Je les regardais s'agiter sur le pont-promenade, le long des coursives et notais la moindre de leurs facéties. Travail inutile si l'on songe que l'eau envahissait déjà la cale. Bientôt le grand fumoir et le salon. Vu l'imminence du naufrage, les plus féroces parmi les passagers m'inspiraient de la compassion. Hitler lui-même, tout à l'heure, viendrait pleurer dans mes bras comme un enfant. Les Arcades de la rue de Rivoli. Il se passait quelque chose de grave. J'avais remarqué des files ininterrompues de voitures le long des boulevards extérieurs. On fuyait Paris. La guerre sans doute. Un cataclysme imprévu. Sortant de chez Hilditch and Key après avoir choisi une cravate, je considérai ce morceau d'étoffe que les hommes ajustent à leur col. Une cravate rayée bleu et blanc. Je portais aussi cet après-midi-là un costume beige et des chaussures à semelles de crêpe. Dans mon portefeuille, une photographie de maman et un ticket de métro périmé. Je venais de me faire couper les cheveux. Tous ces détails n'intéressaient personne. Les gens ne pensaient qu'à sauver leur peau. Chacun pour soi. Au bout de quelque temps, plus un piéton, une automobile dans les rues. Maman elle-même était partie. J'aurais voulu pleurer mais je n'y parvenais pas. Ce silence, cette ville déserte correspondait à mon état d'esprit. Je considérai de nouveau ma cravate et mes chaussures. Il faisait un beau soleil. Les paroles d'une chanson me revenaient à la mémoire :

> Seul
> depuis toujours...

Le sort du monde? Je ne lisais même pas les manchettes des journaux. D'ailleurs, il n'y aurait plus de journaux. Ni de trains. Maman avait pris de justesse le dernier Paris-Lausanne. *Seul*

> il a souffert chaque jour
> il pleure
> avec le ciel de Paris...

Une chanson douce comme je les aimais. Malheureusement l'heure n'était pas aux romances. Nous vivions — me semblait-il — une époque tragique. On ne fredonne pas des refrains d'avant-guerre quand tout agonise autour de soi. Je manquais de tenue. Est-ce ma faute? Je n'ai jamais éprouvé de goût pour grand-chose. Sauf pour le cirque, l'opérette et le music-hall.

Passé la rue de Castiglione, il a fait nuit. Quelqu'un m'emboîtait le pas. J'ai reçu une tape sur l'épaule. Le Khédive. Je prévoyais notre rencontre. A cette minute-là, cet endroit même. Un cauchemar dont je connaissais d'avance toutes les péripéties. Il me prend par le bras. Nous montons dans une automobile. Nous traversons la place Vendôme. Les réverbères jettent une drôle de lueur bleue. Une seule fenêtre éclairée, à la façade de l'hôtel Continental. Black-out. Il faudra vous y habituer, mon petit gars. Il éclate de rire, tourne le bouton de la radio. *Un doux parfum qu'on respire*

c'est

Fleur bleue... une masse sombre devant nous. L'Opéra? L'église de la Trinité? A gauche l'enseigne lumineuse du *Floresco*. Nous nous trouvons rue Pigalle. Il appuie sur l'accélérateur. *Un regard qui vous attire*

c'est

Fleur bleue... De nouveau l'obscurité. Une grande lanterne rouge. Celle de *L'Européen* place Clichy. Nous devons suivre le boulevard des Batignolles. Les phares découvrent brusquement une grille et des feuillages. Le parc Monceau? *Un rendez-vous en automne*

c'est

Fleur bleue... Il sifflote le refrain de la chanson, bat la mesure en hochant la tête. Nous roulons à une vitesse vertigineuse. Devinez où nous sommes, mon petit gars? Il amorce un virage. Mon épaule cogne contre la sienne. Les freins crissent. La minuterie ne marche pas. Je monte en serrant la rampe de l'escalier. Il craque une allumette et j'ai le temps d'apercevoir la plaque de marbre sur la porte : « Agence Normand-Philibert. » Nous entrons. L'odeur me saisit à la gorge, plus écœurante que d'habitude. Monsieur Philibert se tient debout, au milieu du vestibule. Il nous attendait. Une cigarette pend au coin de sa bouche. Il me fait un clin d'œil et moi, en dépit de ma fatigue, je parviens à lui sourire : j'ai pensé que maman se trouvait déjà à Lausanne. Là-bas, elle n'aurait rien à craindre. Monsieur Philibert nous entraîne dans son bureau. Il se plaint des baisses de courant. Cette clarté vacillante qui tombe de la suspension en bronze ne m'étonne pas. Il en a toujours été ainsi au 177, avenue Niel. Le Khédive propose que nous sablions le champagne et sort une bouteille de la poche gauche de sa veste. A partir d'aujourd'hui notre « agence » va connaître — paraît-il — une extension considérable. Les récents événements ont joué en notre faveur. Nous nous installons 3 *bis,* square Cimarosa, dans un hôtel particulier. Finies les combinaisons à la petite semaine. On vient de nous confier de hautes responsabilités. Il n'est pas exclu que l'on accorde au Khédive le titre de préfet de police. Il y a des places à prendre, en cette époque trouble. Notre rôle : procéder à diverses enquêtes, perquisitions, interrogatoires, arrestations. Le « Service du square Cimarosa » cumulera deux fonctions : celles d'un organisme policier et d'un « bureau d'achat » stockant les articles et les matières premières introuvables d'ici quelque temps. Le Khédive a déjà choisi une cinquantaine de personnes qui travailleront avec nous. De vieilles connaissances. Elles figurent toutes, avec leurs photos anthropométriques, sur le fichier du 177, avenue Niel. Cela dit, Monsieur Philibert nous tend une coupe de champagne. Nous trinquons à notre réussite. Nous serons — paraît-il — les rois de Paris. Le Khédive me tapote la joue et glisse dans ma poche intérieure une liasse de billets de banque. Ils parlent entre eux, feuillettent des dossiers, des agendas, téléphonent. De temps en temps me parviennent des éclats de voix. Impossible de suivre leur conciliabule. Je quitte le bureau pour la pièce voisine : un salon où nous faisions attendre nos « clients ». Ils s'asseyaient sur les fauteuils de cuir fatigué. Aux murs, plusieurs petits chromos représentant des scènes de vendanges. Un buffet et des meubles en pitchpin. Derrière la porte du fond une chambre avec salle de bains. Je restais seul, le soir, pour mettre de l'ordre dans le fichier. Je travaillais au salon. Personne n'aurait cru que cet appartement était le siège d'une agence policière. Un couple de rentiers y habitait jadis. Je tirais les rideaux. Le silence. Une lumière incertaine. Le parfum des choses fanées. — Rêveur, mon petit gars? Le Khédive éclate de rire et ajuste son feutre devant la glace. Nous traversons le vestibule. Sur le palier, Monsieur Philibert allume une torche électrique. Nous allons pendre la crémaillère cette nuit même, au 3 *bis,* square Cimarosa. Les propriétaires sont partis. Nous avons réquisitionné leur maison. Il faut fêter ça. Vite. Nos amis nous attendent à *L'Heure mauve,* un cabaret des Champs-Élysées...

Dans la semaine qui suit, le Khédive me charge de renseigner notre « Service » sur les faits et gestes d'un certain lieutenant Dominique. Nous avons reçu une note le concernant avec son adresse, sa photographie et la mention suivante : « A surveiller. » Il faut que je m'introduise sous un prétexte quelconque auprès de ce personnage. Je me présente à son domicile, 5, rue Boisrobert, XVe arrondissement. Un petit pavillon. C'est le lieutenant lui-même qui m'ouvre la porte. Je demande Monsieur Henri Normand. Il me répond que je fais erreur. Alors, je lui explique mon cas, en bredouillant : je suis un prisonnier de guerre évadé. L'un de mes camarades m'a conseillé d'entrer en contact avec Monsieur Normand, 5, rue Boisrobert, si je réussissais à m'enfuir. Cet homme me mettrait à l'abri. Mon camarade s'est sans doute trompé d'adresse. Je ne connais personne à Paris. Je n'ai plus un sou en poche. Je suis vraiment désemparé. Il me considère des pieds à la tête. Je verse quelques larmes pour le mieux convaincre. Et puis je me retrouve dans son bureau. Il déclare d'une belle voix grave qu'un garçon de mon âge ne doit pas se laisser démoraliser par la catastrophe qui s'est abattue sur notre pays. De nouveau, il me toise. Et tout à coup cette question : « Voulez-vous travailler avec nous? » Il dirige un groupe de types « épatants ». La plupart sont des prisonniers évadés, comme moi. Saint-cyriens. Officiers d'active. Quelques civils aussi. Tous gonflés à bloc. Le plus beau des états-majors. Nous menons une lutte clandestine contre les puissances du mal qui triomphent en ce moment. Tâche difficile mais à cœurs vaillants rien d'impossible. Le Bien, la Liberté, la Morale seront rétablis à brève échéance. Lui, lieutenant Dominique, s'en porte garant. Je ne partage pas son optimisme. Je pense au rapport qu'il me faudra remettre, ce soir, square Cimarosa, entre les mains du Khédive. Le lieutenant me donne d'autres détails : il a baptisé son groupe Réseau des Chevaliers de l'Ombre. R.C.O. Impossible en effet de lutter au grand jour. Il s'agit d'une guerre souterraine. Nous vivrons perpétuellement traqués. Chaque membre du groupe a pris, pour pseudonyme, le nom d'une station de métro. Il me les présentera d'ici peu : Saint-Georges. Obligado. Corvisart. Pernety. D'autres encore. Quant à moi je m'appellerai : « Princesse de Lamballe. » Pourquoi « Princesse de Lamballe »? Un caprice du lieutenant. « Êtes-vous prêt à entrer dans notre réseau? L'honneur l'exige. Vous ne devez pas hésiter une seconde. Alors? » Je lui réponds : « Oui », d'une voix hésitante. « Surtout, ne fléchissez pas, mon petit. Je sais, les temps sont tristes. Les gangsters tiennent le haut du pavé. Il y a une odeur de pourriture dans l'air. Cela ne durera pas. Ayez de la force d'âme, Lamballe. » Il veut que je reste rue Boisrobert mais je m'invente aussitôt un vieil oncle en banlieue qui m'accordera l'hospitalité. Nous convenons d'un rendez-vous, demain après-midi, place des Pyramides, devant la statue de Jeanne d'Arc. — Au revoir, Lamballe. Il me regarde fixement, ses yeux rétrécissent et je ne peux soutenir leur éclat. Il répète : « Au revoir LAM-BALLE » en appuyant d'une drôle de façon sur les deux syllabes : LAM-BALLE. Il referme la porte. Le soir tombait. J'ai marché au hasard dans ce quartier inconnu. On devait m'attendre square Cimarosa. Que leur dirais-je? En somme, le lieutenant Dominique était un héros. Tous les membres de son état-major aussi... Il a bien fallu, quand même, que je fasse un rapport circonstancié au Khédive et à Monsieur Philibert. L'existence du R.C.O. les a surpris. Ils ne s'attendaient pas à une activité de cette envergure. « Vous allez vous infiltrer là-dedans. Tâchez de savoir les noms et les adresses. Un beau coup de filet en perspective. » Pour la première fois de ma vie, j'ai éprouvé ce qu'on appelle un cas de conscience. Très passager d'ailleurs. Ils me versèrent cent mille francs d'acompte sur les renseignements que je leur fournirais.

Place des Pyramides. Vous voudriez oublier le passé mais votre promenade vous ramène sans cesse aux carrefours douloureux. Le lieutenant faisait les cent pas devant la statue de Jeanne d'Arc. Il me présenta un grand garçon blond, cheveux ras, yeux pervenche : Saint-Georges, saint-cyrien. Nous entrâmes aux

Tuileries et nous assîmes à la buvette, près du manège. Je retrouvais le décor de mon enfance. Nous commandâmes trois jus de fruits. Le serveur les apporta en nous disant qu'ils étaient les derniers d'un stock d'avant-guerre. Bientôt, il n'y aurait plus de jus de fruits. « On s'en passera », dit Saint-Georges avec le sourire. Ce jeune homme m'avait l'air bien résolu. « Vous êtes un prisonnier évadé? me demanda-t-il. Quel régiment? — 5e d'infanterie, lui répondis-je d'une voix blanche, mais je préfère n'y plus penser. » Je fis un gros effort sur moi-même et ajoutai : « Je n'ai qu'un désir : poursuivre la lutte envers et contre tout. » Ma profession de foi parut le convaincre. Il me gratifia d'une poignée de main. « J'ai réuni quelques membres du réseau pour vous les présenter, mon cher Lamballe, déclara le lieutenant. Ils nous attendent, rue Boisrobert. » Il y a là Corvisart, Obligado, Pernety et Jasmin. Le lieutenant parle de moi en termes chaleureux : la tristesse que j'éprouvais après la défaite. Ma volonté de reprendre la lutte. L'honneur et le réconfort d'être à partir d'aujourd'hui leur compagnon au R.C.O. « Eh bien, Lamballe, nous allons vous confier une mission. » Il m'explique que plusieurs individus ont profité des événements pour laisser libre cours à leurs mauvais instincts. Rien de plus naturel dans une époque de troubles et de désarroi comme la nôtre. Ces malfrats jouissent d'une impunité totale : on leur a distribué des cartes de police et des permis de port d'armes. Ils se livrent à une répression odieuse contre les patriotes et les honnêtes gens, commettent toutes sortes de délits. Ils ont réquisitionné un hôtel particulier, 3 *bis,* square Cimarosa, XVIe arrondissement. Leur service se nomme dans le public *Société Intercommerciale de Paris-Berlin-Monte-Carlo.* « Ce sont les seuls éléments dont je dispose. Notre devoir : les neutraliser le plus vite possible. Je compte sur vous, Lamballe. Vous allez vous introduire chez ces gens-là. Nous renseigner sur leurs faits et gestes. A vous de jouer, Lamballe. » Pernety me tend un verre de cognac. Jasmin, Obligado, Saint-Georges et Corvisart me sourient. Un peu plus tard, nous remontons le boulevard Pasteur. Le lieutenant a voulu m'accompagner jusqu'à la station de métro Sèvres-Lecourbe. Au moment de nous quitter, il me regarde droit dans les yeux : « Mission délicate, Lamballe. Double jeu en quelque sorte. Tenez-moi au courant. Bonne chance, Lamballe. » Et si je lui disais la vérité? Trop tard. J'ai pensé à maman. Elle au moins se trouvait en lieu sûr. Je lui avais acheté la villa de Lausanne grâce aux commissions que je touchais avenue Niel. J'aurais pu l'accompagner en Suisse mais j'étais resté ici par paresse ou indifférence. J'ai déjà dit que je me souciais peu du sort du monde. Le mien non plus ne me passionnait pas outre mesure. Il suffisait de se laisser porter par le courant. Fétu de paille. Ce soir-là, je signale au Khédive ma prise de contact avec Corvisart, Obligado, Jasmin, Pernety et Saint-Georges. Je ne connais pas encore leurs adresses mais cela ne saurait tarder. Je promets de lui fournir au plus vite tous les renseignements utiles sur ces jeunes gens. Et sur d'autres encore, que le lieutenant ne manquera pas de me présenter. Au rythme où vont les choses, nous réaliserons un « beau coup de filet ». Il le répète en se frottant les mains. « J'étais sûr que vous leur inspireriez confiance avec votre petite gueule de marchand de statuettes de plâtre. » Le vertige me prend, tout à coup. Je lui déclare que le chef de ce réseau n'est pas le lieutenant, comme je le croyais. « Alors qui ? » Je me trouve au bord d'un précipice, il suffirait sans doute de quelques pas pour m'en écarter. « QUI ? » Mais non, je n'en ai pas la force. « QUI ? — Un certain LAM-BAL-LE. LAM-BAL-LE. — Eh bien nous lui mettrons la main dessus. Tâchez de l'identifier. » Les choses se compliquaient. Était-ce ma faute? On m'avait confié de part et d'autre un rôle d'agent double. Je ne voulais mécontenter personne. Pas plus le Khédive et Philibert que le lieutenant et ses petits saint-cyriens. Il faudrait choisir, me disais-je. « Chevalier de l'Ombre » ou agent appointé de l'officine du square Cimarosa? Héros ou mouchard? Ni l'un ni l'autre. Quelques livres : *Anthologie des traîtres, d'Alcibiade au capitaine Dreyfus, Joanovici tel qu'il fut, Les Mystères du Chevalier d'Éon, Frégoli, l'homme de nulle part,* m'éclairèrent sur mon compte. Je me sentais des affinités avec tous ces gens-là. Pourtant je ne suis pas un plaisantin. J'ai éprouvé moi aussi ce qu'on appelle un grand sentiment. Profond. Impérieux. Le seul dont je puisse parler en connaissance de cause et qui m'aurait fait soulever des montagnes : LA PEUR. Paris s'enfonçait dans le silence et le black-out. Lorsque j'évoque ce temps-là, j'ai l'impression que je m'adresse à des sourds ou que ma voix n'est pas assez forte. JE CRE-VAIS DE PEUR. Le métro ralentissait pour s'engager sur le pont de Passy. Sèvres-Lecourbe - Cambronne - La Motte-Picquet - Dupleix - Grenelle - Passy. Le matin, je prenais la direction inverse : de Passy à Sèvres-Lecourbe. Du square Cimarosa, XVIe arrondissement, à la rue Boisrobert, XVe arrondissement. Du lieutenant au Khédive. Du Khédive au lieutenant. Les allées et venues d'un agent double. Épuisant. Souffle court. « Tâchez de savoir les noms et les adresses. Un beau coup de filet en perspective. — Je compte sur vous, Lamballe. Vous nous renseignerez sur ces gangsters. » J'aurais voulu prendre parti mais le « Réseau des Chevaliers de l'Ombre » comme la « Société Intercommerciale de Paris-Berlin-Monte-Carlo » m'étaient indifférents. Quelques maniaques me faisaient subir des pressions contradictoires et me harcèleraient jusqu'à ce que je meure d'épuisement. Je servais sans doute de bouc émissaire à tous ces forcenés. J'étais le plus faible d'entre eux. Je n'avais aucune chance de salut. L'époque où nous vivions exigeait des qualités exceptionnelles dans l'héroïsme ou dans le crime. Et moi, vraiment, je détonnais. Girouette. Pantin. Je ferme les yeux pour retrouver les parfums et les chansons de ce temps-là. Oui, il y avait une odeur de pourriture dans l'air. A la tombée du soir, surtout. Je dois dire que je n'ai jamais connu d'aussi beaux crépuscules. L'été n'en finissait pas de mourir. Les avenues désertes. Paris absent. On entendait sonner une horloge. Et cette odeur diffuse qui imprégnait les façades des immeubles et les feuillages des marronniers. Quant aux chansons ce furent : *Swing Troubadour, Étoile de Rio, Je n'en connais pas la fin, Réginella..*, Souvenez-vous. Les lampes des wagons étaient peintes en mauve, de sorte que je distinguais à peine les autres passagers. A ma droite, si proche, le faisceau lumineux de la tour Eiffel. Je revenais de la rue Boisrobert. Le métro s'est arrêté sur le pont de Passy. Je souhaitais qu'il ne reparte jamais plus et que personne ne vienne m'arracher à ce *no man's land* entre les deux rives. Plus un geste. Plus un bruit. Le calme enfin. Me dissoudre dans la pénombre. J'oubliais leurs éclats de voix, les grandes bourrades qu'ils me donnaient, leur acharnement à me tirailler de tous côtés. Ma peur faisait place à une sorte d'engourdissement. J'accompagnais du regard le faisceau lumineux. Il tournait, tournait comme un veilleur poursuivant sa ronde de nuit. Avec lassitude. Sa clarté s'affaiblissait à mesure. Bientôt il ne resterait qu'un filet de lumière presque imperceptible. Et moi aussi, après des rondes et des rondes, mille et mille allées et venues, je finirais par me perdre dans les ténèbres. Sans y rien comprendre. De Sèvres-Lecourbe à Passy. De Passy à Sèvres-Lecourbe. Le matin, je me présentais vers dix heures au quartier général de la rue Boisrobert. Poignées de main fraternelles. Sourires et regards limpides de ces valeureux garçons. « Quoi de neuf, Lamballe? » me demandait le lieutenant. Je lui fournissais des détails de plus en plus précis sur la « Société Intercommerciale de Paris-Berlin-Monte-Carlo ». Oui, il s'agissait bien d'un service policier auquel on confiait de très « basses besognes ». Ses deux patrons, Henri Normand et Pierre Philibert, avaient recruté leur personnel dans la pègre. Cambrioleurs, proxénètes, reléguables. Deux ou trois condamnés à mort. Chacun disposait d'une carte de police et d'un permis de port d'armes. Une société interlope gravitait autour de l'officine du square Cimarosa. Affairistes, morphinomanes, charlatans, demi-mondaines comme on en voit grouiller aux « époques troubles ». Tous ces individus se savaient protégés en haut lieu et commettaient les pires exactions. Il semblait même que leur chef, Henri Normand, dictât ses volontés au cabinet du préfet de police et au parquet de la Seine, si de tels organismes existaient encore. A mesure que j'avançais dans mon exposé, je lisais la consternation et le dégoût sur leurs visages. Seul le lieutenant demeurait impénétrable. « Bravo, Lamballe! Votre mission continue. Dressez, je vous prie, une liste complète des membres du Service du square Cimarosa. »

Et puis, un matin, ils me semblèrent plus graves qu'à l'accoutumée. Le lieutenant s'éclaircit la voix : « Lamballe, il va falloir que vous commettiez un attentat. » J'accueillis cette déclaration avec calme comme si je m'y préparais depuis longtemps. « Nous comptons sur vous, Lamballe, pour nous débarrasser de Normand et de Philibert. Choisissez le moment opportun. » Un silence suivit au cours duquel Saint-Georges, Pernety, Jasmin, tous les autres me fixaient, l'œil ému. Derrière son bureau, le lieutenant se tenait immobile. Corvisart me tendit un verre de cognac. Celui du condamné, pensai-je. Je voyais très distinctement la guillotine dressée au milieu de la pièce. Le lieutenant jouait le rôle du bourreau. Quant aux membres de son état-major, ils assisteraient à l'exécution en me lançant des sourires attendris. « Alors Lamballe? Qu'en pensez-vous? — Beaucoup de bien », lui répondis-je. J'avais envie d'éclater en sanglots et de leur exposer ma délicate situation d'agent double. Mais il est des choses qu'il faut garder pour soi. Je n'ai jamais dit un mot de trop. Assez peu expansif de nature. Les autres, par contre, n'hésitaient pas à me décrire en long et en large leurs états d'âme. Je me souviens des après-midi passés avec les jeunes gens du R.C.O. Nous nous promenions aux alentours de la rue Boisrobert, dans le quartier de Vaugirard. Je les écoutais divaguer. Pernety rêvait d'un monde plus juste. Ses joues s'enflammaient. Il sortait de son portefeuille les photographies de Robespierre et d'André Breton. Je feignais d'admirer ces deux individus. Pernety répétait sans cesse « Révolution », « Prise de conscience », « Notre rôle à nous, intellectuels » d'un ton sec qui me navrait. Il portait une pipe et des chaussures de cuir noir — détails qui m'émeuvent. Corvisart souffrait d'avoir vu le jour dans une famille bourgeoise. Il tâchait d'oublier le parc Monceau, les courts de tennis d'Aix-les-Bains et les Plums Plouvier qu'il mangeait au goûter hebdomadaire, chez ses cousines. Il me demandait si l'on pouvait être à la fois socialiste et chrétien. Jasmin, lui, aurait voulu que la France bandât un peu plus fort. Il admirait Henri de Bournazel et connaissait le nom de toutes les étoiles. Obligado écrivait un « journal politique ». « Nous devons témoigner, m'expliquait-il. C'est un devoir. Je ne peux pas me taire. » Pourtant le mutisme s'apprend très vite : il suffit de recevoir deux coups de talon dans les gencives. Picpus me montrait les lettres de sa fiancée. Encore un peu de patience : d'après lui, le cauchemar se dissiperait. Bientôt nous allions vivre au milieu d'un monde pacifié. Nous raconterions à nos enfants les épreuves que nous avions subies. Saint-Georges, Marbeuf et Pelleport sortaient de Saint-Cyr avec le goût du baroud et le ferme projet de mourir en chantant. Moi, je pensais au square Cimarosa où il me faudrait faire mon rapport quotidien. Ils avaient de la chance, ces garçons, de cultiver leurs chimères. Le quartier de Vaugirard s'y prêtait admirablement. Calme, préservé, on aurait dit une petite ville de province. Le nom même de « Vaugirard » évoquait les feuillages, le lierre, un ruisseau bordé de mousse. Dans une telle retraite, ils pouvaient laisser libre cours aux imaginations les plus héroïques. Sans aucun risque. C'était moi qu'on envoyait se frotter à la réalité et qui naviguais en eau trouble. Apparemment le sublime ne me convenait pas. En fin d'après-midi, avant de prendre le métro, je m'asseyais sur un banc de la place Adolphe-Chérioux et me laissais pénétrer, quelques minutes encore, par la douceur de ce village. Une petite maison avec un jardin. Couvent ou hospice de vieillards? J'entendais les arbres parler.

Un chat passait devant l'église. De je ne sais où, me parvenait une voix tendre : Fred Gouin chantant *Envoi de fleurs.* Alors j'oubliais que je n'avais pas d'avenir. Ma vie prendrait un cours nouveau. Un peu de patience, comme disait Picpus, et je sortirais vivant du cauchemar. Je trouverais une place de barman dans une auberge des environs de Paris. BARMAN. Voilà qui semblait correspondre à mes goûts et mes aptitudes. Vous vous tenez derrière le BAR. Il vous protège des autres. Ceux-ci n'éprouvent d'ailleurs aucune hostilité à votre égard et se contentent de réclamer des alcools. Vous les leur servez rapidement. Les plus agressifs vous expriment leur reconnaissance. Le métier de BARMAN était beaucoup plus noble qu'on ne croyait, le seul qui méritât une attention particulière avec celui de flic et de médecin. De quoi s'agissait-il? Préparer des cocktails. Du rêve, en quelque sorte. Un remède contre la douleur. Au zinc, ils vous le réclament d'une voix suppliante. Curaçao? Marie Brizard? Éther? Tout ce qu'ils voudront. Après deux ou trois verres, ils s'attendrissent, titubent, leurs yeux chavirent, ils égrènent jusqu'à l'aube le long chapelet de leurs misères et de leurs crimes, vous demandent de les consoler. Hitler, entre deux hoquets, implore votre

pardon. « A quoi pensez-vous, Lamballe?
— Aux mouches, mon lieutenant. » Quelquefois, il me retenait dans son bureau
pour que nous ayons un « petit têtc-à-
tête ». « Vous commettrez cet attentat.
J'ai confiance en vous, Lamballe. » Il
prenait un ton autoritaire et me fixait de
ses yeux bleu-noir. Lui dire la vérité?
Laquelle au juste? Agent double? ou triple? Je ne savais plus qui j'étais. Mon
lieutenant, JE N'EXISTE PAS. Je n'ai
jamais eu de carte d'identité. Il jugerait
cette distraction inadmissible à une
époque où l'on devait se raidir et montrer
un caractère exceptionnel. Un soir, je me
trouvais seul avec lui. Ma fatigue rongeait,
comme un rat, tout ce qui m'entourait.
Les murs me semblèrent brusquement
tendus de velours sombre, une brume
envahissait la pièce, estompant le contour
des meubles : le bureau, les chaises, l'armoire normande. Il demanda : « Quoi de
neuf, Lamballe? » d'une voix lointaine qui
me surprit. Le lieutenant me fixait comme
d'habitude mais ses yeux avaient perdu
leur éclat métallique. Il se tenait derrière
le bureau, la tête inclinée du côté droit,
sa joue touchant presque son épaule dans
une attitude pensive et découragée que
j'avais vue à certains anges florentins. Il
répéta : « Quoi de neuf, Lamballe? » du ton

avec lequel il aurait dit : « Vraiment, cela n'a pas d'importance », et son regard s'appesantit sur moi. Un regard chargé d'une telle douceur, d'une telle tristesse que j'eus l'impression que le lieutenant Dominique avait tout compris et me pardonnait : mon rôle d'agent double (ou triple), mon désarroi de me sentir aussi fragile, dans la tempête, qu'un fétu de paille, et le mal que je commettais par lâcheté ou inadvertance. Pour la première fois, on s'intéressait à mon cas. Cette mansuétude me bouleversait. Je cherchais en vain quelques mots de remerciement. Les yeux du lieutenant étaient de plus en plus tendres, les aspérités de son visage avaient disparu. Son buste s'affaissait. Bientôt il ne resta de tant de morgue et d'énergie qu'une très vieille maman indulgente et lasse. Le tumulte du monde extérieur venait se briser contre les murs de velours. Nous glissions au travers d'une pénombre ouatée jusqu'à des profondeurs où personne ne troublerait notre sommeil. Paris sombrait avec nous. De la cabine, je voyais le faisceau lumineux de la tour Eiffel : un phare qui indiquait que nous étions à proximité de la côte. Nous n'y aborderions jamais. Aucune importance. « Il faut dormir, mon petit, me murmurait le lieutenant. DORMIR. » Ses yeux jetaient une dernière lueur dans les ténèbres. DORMIR. « A quoi pensez-vous, Lamballe? » Il me secoue par les épaules. D'un ton martial : « Tenez-vous prêt pour cet attentat. Le sort du réseau est entre vos mains. Ne fléchissez pas. » Il arpente la pièce nerveusement. Les choses ont repris leur dureté coutumière. « Du cran, Lamballe. Je compte sur vous. » Le métro s'ébranle. Cambronne - La Motte-Picquet - Dupleix - Grenelle - Passy. Neuf heures du soir. Je retrouvais, à l'angle des rues Franklin et Vineuse, la Bentley blanche que le Khédive me prêtait en récompense de mes services. Elle aurait fait mauvaise impression sur les jeunes gens du R.C.O. Qu'on circulât à cette époque dans une automobile de luxe supposait des activités peu conformes à la morale. Seuls les trafiquants et les mouchards bien payés pouvaient se permettre une telle fantaisie. N'importe. Avec la fatigue disparaissaient mes derniers scrupules. Je traversais lentement la place du Trocadéro. Un moteur silencieux. Des banquettes en cuir de Russie. Cette Bentley me plaisait bien. Le Khédive l'avait découverte au fond d'un garage de Neuilly. J'ouvrais la boîte à gants : les papiers du propriétaire étaient toujours là. En somme, une automobile volée. On nous demanderait des comptes, un jour ou l'autre. Quelle attitude adopte-rais-je, devant le tribunal, à l'énoncé de tant de crimes commis par la « Société Intercommerciale de Paris-Berlin-Monte-Carlo »? Une bande de malfaiteurs, dirait le juge. Ils ont profité de la misère et du désarroi général. Des « monstres », écrirait Madeleine Jacob. Je tournais le bouton de la radio.

> *Je suis seul*
> *ce soir*
> *avec ma peine...*

Avenue Kléber, mon cœur battait un peu plus vite. La façade de l'hôtel Baltimore. Square Cimarosa. Devant le 3 *bis,* Codébo et Robert le Pâle se tenaient toujours en faction. Codébo me lançait un sourire qui découvrait ses dents en or. Je montais au premier étage, poussais la porte du salon. Le Khédive, vêtu d'une robe de chambre vieux rose en soie brochée, me faisait un signe de la main. Monsieur Philibert consultait des fiches : « Comment va le R.C.O., mon petit Swing Troubadour? » Le Khédive me donnait une grande tape sur l'épaule et un verre de cognac : « Introu-vable. Trois cent mille francs la bouteille. Tranquillisez-vous. Nous ignorons les res-trictions, square Cimarosa. Et ce R.C.O.?

122

Quoi de neuf? » Non, je n'avais pas encore les adresses des « Chevaliers de l'Ombre ». A la fin de la semaine, c'était promis. « Et si nous opérions notre coup de filet rue Boisrobert, un après-midi où tous les membres du R.C.O. s'y trouvent? Qu'en pensez-vous, Troubadour? » Je leur déconseillais cette méthode. Il valait mieux les arrêter un par un. « Nous n'avons pas de temps à perdre, Troubadour. » Je calmais leur impatience, promettais à nouveau des renseignements décisifs. Un jour, ils me harcèleraient de telle façon que, pour m'en débarrasser, il faudrait que je tienne mes engagements. Le « coup de filet » aurait lieu. Je mériterais enfin ce qualificatif de « donneuse » qui me causait un pincement au cœur, un vertige chaque fois que je l'entendais prononcer. DONNEUSE. Je m'efforçais quand même de retarder cette échéance en expliquant à mes deux patrons que les membres du R.C.O. étaient inoffensifs. Des garçons chimériques. Bourrés d'idéal, voilà tout. Pourquoi ne laisserait-on pas ces aimables crétins divaguer? Ils souffraient d'une maladie : la jeunesse, dont on se remet très vite. D'ici quelques mois, ils seraient beaucoup plus raisonnables. Le lieutenant lui-même abandonnerait le combat. D'ailleurs de quel combat s'agissait-il sinon d'un bavardage enflammé au cours duquel les mots : Justice, Progrès, Vérité, Démocratie, Liberté, Révolution, Honneur, Patrie revenaient sans cesse? Tout cela me semblait très anodin. A mon avis, le seul homme dangereux était LAM-BAL-LE, que je n'avais pas encore identifié. Invisible. Insaisissable. Le véritable chef du R.C.O. Il agirait, lui, et de la manière la plus brutale. On en parlait rue Boisrobert avec un tremblement de crainte et d'admiration dans la voix. LAM-BAL-LE! Qui était-il? Quand je questionnais le lieutenant, il se montrait évasif. — Les gangsters et les vendus qui tiennent, en ce moment, le haut du pavé, LAMBALLE ne les épargnera pas. LAMBALLE frappe vite et fort. Nous obéirons à LAMBALLE les yeux fermés. LAMBALLE ne se trompe jamais. LAMBALLE est un type admirable. LAMBALLE, notre seul espoir... Je ne pouvais pas obtenir de détails plus précis. Un peu de patience et nous débusquerions ce mystérieux personnage. Je répétais au Khédive et à Philibert que la capture de Lamballe devait être notre unique objectif. LAM-BAL-LE! Quant aux autres, ils ne comptaient pas. De gentils bavards. Je demandais qu'on les épargnât. « Nous verrons. Donnez-nous d'abord des renseignements sur ce Lamballe. Vous entendez? »

La bouche du Khédive se contractait dans un rictus de mauvais augure. Philibert, pensif, se lissait les moustaches en répétant : « LAM-BAL-LE, LAM-BAL-LE. — Je lui réglerai son compte à ce LAMBALLE, concluait le Khédive et ce n'est ni Londres, ni Vichy, ni les Américains qui le sortiront de là. Cognac? Craven? Servez-vous, mon petit. — Nous venons de négocier le Sebastiano del Piombo, déclarait Philibert. Voici vos dix pour cent de commission. » Il me tendait une enveloppe vert pâle. « Trouvez-moi pour demain quelques bronzes asiatiques. Nous avons contacté un client. » Je prenais goût à ce travail annexe dont ils me chargeaient : découvrir des œuvres d'art et les rapporter aussitôt square Cimarosa. Le matin, je m'introduisais chez de riches particuliers qui avaient quitté Paris à la suite des événements. Il suffisait de crocheter une serrure ou de réclamer la clé au concierge en exhibant sa carte de police. Je fouillais minutieusement les maisons abandonnées. Leurs propriétaires, en partant, y avaient laissé de menus objets : pastels, vases, tapisseries, livres, manuscrits. Cela ne suffisait pas. Je partais à la recherche des garde-meubles, lieux sûrs, cachettes susceptibles d'abriter en cette époque de troubles les collections les plus précieuses. Un grenier de la banlieue est où m'attendaient des Gobelins et des tapis persans, un vieux garage de la porte Champerret encombré de tableaux de maîtres. Dans une cave d'Auteuil une mallette renfermant des bijoux de l'Antiquité et de la Renaissance. Je me livrais à ce pillage le cœur léger et même avec une sorte d'allégresse dont j'aurais honte — plus tard — devant les tribunaux. Nous vivions des temps exceptionnels. Les vols, les trafics devenaient monnaie courante et le Khédive, jugeant de mes aptitudes, m'employait à la récupération des œuvres d'art plutôt qu'à celle des métaux non ferreux. Je lui en étais reconnaissant. J'ai connu de grands bonheurs esthétiques. Par exemple, devant un Goya représentant l'assassinat de la princesse de Lamballe. Son propriétaire avait cru le préserver en le cachant dans un coffre-fort de la Banque Franco-Serbe, 3, rue du Helder. Il a suffi que je montre ma carte de police pour qu'on me laisse disposer de ce chef-d'œuvre. Nous vendions tous les objets saisis. Curieuse époque. Elle aura fait de moi un individu « peu reluisant ». Indic, pillard, assassin peut-être. Je n'étais pas plus méchant qu'un autre. J'ai suivi le mouvement, voilà tout. Je n'éprouve pour le mal aucune attirance particulière. Un jour j'ai rencontré un vieux monsieur couvert de bagues et de dentelles. Il m'expliqua d'une voix de fausset qu'il découpait les photos des criminels dans *Détective,* leur trouvant une beauté « farouche » et « maléfique ». Il me vanta leur solitude « inaltérable » et « grandiose », me parla de l'un d'eux, Eugène Weidmann, qu'il appelait « l'ange des ténèbres ». C'était un littérateur, ce type. Je lui ai dit que Weidmann le jour de son exécution portait des chaussures à semelles de crêpe. Sa mère les lui avait achetées jadis à Francfort. Et que, si l'on aimait les gens, il fallait toujours s'arrêter sur de misérables détails comme celui-là. Le reste n'avait aucune importance. Pauvre Weidmann! A l'heure où je vous parle, Hitler s'est endormi en suçant son pouce et je jette sur lui un regard apitoyé. Il jappe, comme un chien qui rêve. Il se recroqueville, rapetisse, rapetisse, il tiendrait dans le creux de ma main. — A quoi pensez-vous, Swing Troubadour? — A notre Führer, Monsieur Philibert. — Nous allons vendre le Franz Hals très prochainement. Vous toucherez pour la peine quinze pour cent de commission. Si vous nous aidez à capturer Lamballe, je vous verse une prime de 500 000 francs. De quoi faire le jeune homme. Un peu de cognac? J'ai la tête qui tourne. Le parfum des fleurs sans doute. Le salon était enfoui sous les dahlias et les orchidées. Un grand buisson de roses, entre les deux fenêtres, cachait à moitié l'autoportrait de Monsieur de Bel-Respiro. Dix heures du soir. Ils envahissaient la pièce les uns après les autres. Le Khédive les accueillait en smoking grenat moucheté de vert. Monsieur Philibert leur adressait un petit signe de la tête et consultait à nouveau ses fiches. De temps en temps il marchait vers l'un d'eux, engageait une courte conversation avec lui, prenait quelques notes. Le Khédive servait alcools, cigarettes et petits fours. Monsieur et Madame de Bel-Respiro auraient été surpris de voir, dans leur salon, une telle assemblée : il y avait là le « marquis » Lionel de Zieff, condamné jadis pour vols, abus de confiance, recel, port illégal de décorations; Costachesco, banquier roumain, spéculations boursières et faillites frauduleuses; le « baron » Gaétan de Lussatz, danseur mondain, double passeport monégasque et français; Pols de Helder, gentleman-cambrioleur; Rachid von Rosenheim, Monsieur Allemagne 1938, tricheur professionnel; Jean-Farouk de Méthode, propriétaire du cirque d'Automne et de *L'Heure mauve,* proxénète, interdit de séjour dans tout le Commonwealth; Ferdinand Poupet dit « Paulo Hayakawa », courtier d'assurances, tête brûlée, faux et usage de faux; Otto da Silva, « El Rico Plantador », espion en demi-solde; le « comte » Baruzzi, expert en objets d'art et morphinomane; Darquier dit « de Pellepoix », avocat marron; le « mage » Ivanoff, bulgare charlatan, « tatoueur officiel des églises coptes »; Odicharvi, indicateur à la préfecture dans les milieux russes blancs; Mickey de Voisins, « la soubrette », prostitué homosexuel; l'ex-commandant d'aviation Costantini; Jean Le Houleux, journaliste, ancien trésorier du Club du Pavois et maître chanteur; les frères Chapochnikoff dont je n'ai jamais su la raison sociale ni le nombre exact. Quelques femmes : Lucie Onstein, dite « Frau Sultana », jadis danseuse de genre au *Rigolett's;* Magda d'Andurian, directrice à Palmyre d'un hôtel « mondain et discret »; Violette Morris, championne de poids et haltères, portait toujours des costumes d'homme; Emprosine Marousi, princesse byzantine, toxicomane et lesbienne; Simone Bouquereau et Irène de Tranzé, ex-pensionnaires du One-two-two; la « baronne » Lydia Stahl, qui aimait le champagne et les fleurs fraîches. Tous ces personnages fréquentaient le 3 *bis* avec assiduité. Ils avaient brusquement surgi

129

du black-out, d'une période de désespoir et de misère, par un phénomène analogue à celui de la génération spontanée. La plupart d'entre eux occupaient un poste au sein de la « Société Intercommerciale de Paris-Berlin-Monte-Carlo ». Zieff, Méthode et Helder dirigeaient le département des cuirs. Grâce à l'habileté de leurs démarcheurs, ils se procuraient des wagons de box-calf que la S.I.P.B.M.T. revendait ensuite douze fois le prix taxé. Costachesco, Hayakawa et Rosenheim avaient choisi les métaux, matières grasses et huiles minérales. L'ex-commandant Costantini opérait dans un secteur plus restreint mais rentable : verrerie, parfumerie, peaux de chamois, gâteaux secs, vis et boulons. Aux autres, le Khédive confiait des missions délicates : Lussatz était chargé de la surveillance et de la protection des fonds qui arrivaient chaque matin square Cimarosa en quantité considérable. Le rôle de Da Silva et d'Odicharvi consistait à récupérer l'or et les devises étrangères. Mickey de Voisins, Baruzzi et la « baronne » Lydia Stahl répertoriaient les hôtels particuliers où je pourrais saisir des objets d'art. Hayakawa et Jean Le Houleux tenaient la comptabilité du service. Darquier servait d'avocat conseil. Quant aux frères Chapochnikoff, ils n'avaient

aucune fonction bien définie et virevol-
taient de-ci de-là. Simone Bouquereau et
Irène de Tranzé étaient les « secrétaires »
attitrées du Khédive. La princesse Marousi
nous ménageait des complicités fort utiles
dans les milieux mondains et financiers.
Frau Sultana et Violette Morris recevaient
de gros honoraires en qualité d'indica-
trices. Magda d'Andurian, femme de tête
et d'action, prospectait le nord de la
France et livrait au 3 *bis* des kilomètres
carrés de toile à bâche et de lainage
peigné. Enfin, n'oublions pas de citer les
membres du personnel affectés aux opéra-
tions strictement policières : Tony Breton,
bellâtre, sous-off de la Légion et tortion-
naire avisé; Jo Reocreux, tenancier de
maison close; Vital-Léca dit « Gueule
d'Or », tueur à gages; Armand le Fou :
« Je vais les buter, les buter, tous les
buter »; Codébo et Robert le Pâle, reléguables, utilisés comme portiers et gardes
du corps; Danos « le mammouth » ou
« Gros Bill »; Gouari, « l'Américain », bra-
queur, travaillant à la pige... Le Khédive
régnait sur ce joyeux petit monde que les
chroniqueurs judiciaires appelleraient plus
tard « la bande du square Cimarosa ». En
attendant, les affaires allaient bon train.
Zieff parlait de s'approprier les studios de
la Victorine, l'Eldorado et les Folies-

Wagram; Helder créait une « Société de participation générale » qui trusterait tous les hôtels de la Côte d'Azur; Costachesco achetait des immeubles par dizaines; Rosenheim déclarait que « nous obtiendrons bientôt la France entière pour une bouchée de pain et la revendrons au plus offrant ». J'écoutais, j'observais tous ces forcenés. Leurs visages, sous les lustres, dégoulinaient de sueur. Leur débit s'accélérait. Ristournes... courtages... commissions... stocks... wagons... marges bénéficiaires... Les frères Chapochnikoff, de plus en plus nombreux, remplissaient inlassablement les coupes de champagne. Frau Sultana tournait la manivelle du gramophone. Johnny Hess :

Mettez-vous
dans l'ambiance
oubliez
vos soucis...

Elle dégrafait son corsage, esquissait un pas de swing. Les autres suivaient son exemple. Codébo, Danos et Robert le Pâle entraient au salon. Ils se frayaient un passage parmi les danseurs, atteignaient Monsieur Philibert, lui chuchotaient quelques mots à l'oreille. Je regardais par la fenêtre. Une automobile, tous feux éteints, devant le 3 *bis*. Vital-Léca brandissait une torche électrique, Reocreux ouvrait la portière. Un homme, les menottes aux poignets. Gouari le poussait brutalement vers le perron. Je pensais au lieutenant, aux garçons de Vaugirard. Une nuit je les verrais enchaînés comme celui-là. Breton les passerait à la magnéto. Ensuite... Pourrai-je vivre avec ce remords? Pernety et ses chaussures de cuir noir. Picpus et les lettres de sa fiancée. Les yeux bleu pervenche de Saint-Georges. Leurs rêves, toutes leurs belles chimères s'éteindraient dans la cave du 3 *bis* aux murs éclaboussés de sang. Par ma faute. Cela dit, il ne faudrait pas croire que j'emploie à la légère les termes : « magnéto », « black-out », « donneuse », « tueur à gages ». Je rapporte ce que j'ai vu, ce que j'ai vécu. Sans aucune fioriture. Je n'invente rien. Toutes les personnes dont je parle ont existé. Je pousse même la rigueur jusqu'à les désigner sous leurs véritables noms. Quant à mes goûts personnels, ils iraient plutôt vers les roses trémières, le jardin au clair de lune et le tango des jours heureux. Un cœur de midinette. Je n'ai pas eu de chance. On entendait, montant du sous-sol, leurs gémissements que la musique finissait par étouffer. Johnny Hess :

Puisque je suis là
le rythme
est là
Sur son aile il vous
emportera...

Frau Sultana les excitait en poussant des cris stridents. Ivanoff agitait sa « baguette des métaux légers ». Ils se bousculaient, s'essoufflaient, la danse devenait plus saccadée, ils renversaient au passage un vase de dahlias, reprenaient de plus belle leurs gesticulations.

La musique
c'est
le philtre magique...

La porte s'ouvrait à deux battants. Codébo et Danos le soutenaient par les épaules. On ne lui avait pas ôté les menottes. Son visage inondé de sang. Il titubait, s'affalait au milieu du salon. Les autres demeuraient dans une immobilité attentive. Seuls, les frères Chapochnikoff, comme si de rien n'était, ramassaient les débris d'un vase, rectifiaient l'ordonnance des fleurs. L'un d'eux, à pas feutrés, se dirigeait vers la baronne Lydia Stahl en lui tendant une orchidée.

134

— Si nous tombions toujours sur ce genre de petits crâneurs, ce serait très ennuyeux pour nous, déclarait Monsieur Philibert. — Un peu de patience, Pierre. Il finira par cracher le morceau. — Je crains que non, Henri. — Eh bien, nous en ferons un martyr. Il faut — paraît-il — des martyrs. — Les martyrs, c'est idiot, déclarait Lionel de Zieff d'une voix pâteuse. — Vous refusez de parler? lui demandait Monsieur Philibert. — Nous n'allons pas vous importuner plus longtemps, murmurait le Khédive. Si vous ne répondez pas, cela veut dire que vous ne savez pas. — Mais si vous savez quelque chose, déclarait Monsieur Philibert, il vaudrait mieux le dire tout de suite.

Il levait la tête. Une tache rouge sur le tapis de la Savonnerie, à l'endroit où son front reposait. Une lueur ironique dans ses yeux bleu pervenche (les mêmes que ceux de Saint-Georges). De mépris plutôt. On peut mourir pour ses idées. Le Khédive le giflait trois fois de suite. Il ne baissait pas les yeux. Violette Morris lui jetait une coupe de champagne au visage. — Monsieur, s'il vous plaît, susurrait le mage Ivanoff, voulez-vous me montrer votre main gauche? On peut mourir pour ses idées. Le lieutenant me répétait sans cesse : « Nous sommes tous prêts à mourir

135

pour nos idées. Vous aussi, Lamballe? » Je n'osais pas lui avouer que moi, si je devais mourir, ce serait de maladie, de peur ou de chagrin. — Attrape! hurlait Zieff, et il recevait la bouteille de cognac en plein front. — Votre main, votre main gauche, suppliait le mage Ivanoff. — Il va parler, soupirait Frau Sultana, il va parler, je vous le dis, et elle dénudait ses épaules avec un sourire enjôleur. — Tout ce sang... balbutiait la baronne Lydia Stahl. Son front reposait de nouveau contre le tapis de la Savonnerie. Danos le soulevait et le traînait hors du salon. Quelques minutes plus tard, Tony Breton annonçait d'une voix sourde : « Il est mort, il est mort sans parler. » Frau Sultana se détournait en haussant les épaules. Ivanoff rêvait, les yeux perdus au plafond. — Il y a quand même des types gonflés, remarquait Pols de Helder. — Des types butés, tu veux dire, rétorquait le « comte » Baruzzi. — J'en ai presque de l'admiration, déclarait Monsieur Philibert. C'est le premier que je vois résister si bien. Le Khédive : « Des garçons de ce genre-là, Pierre, SABOTENT notre travail. » Minuit. Une sorte de langueur les prenait. Ils s'asseyaient sur les sofas, les poufs, les bergères. Simone Bouquereau retouchait son maquillage devant le grand miroir de Venise. Ivanoff exami-

nait gravement la main gauche de la
baronne Lydia Stahl. Les autres se répan-
daient en menus propos. Vers cette heure-
là, le Khédive m'entraînait dans l'embra-
sure de la fenêtre pour parler de son titre
de « préfet de police » qu'il obtiendrait
certainement. Il y songeait depuis toujours. Enfant, à la colonie pénitentiaire
d'Eysses. Puis au bat' d'Af' et à la prison
de Fresnes. Désignant le portrait de Monsieur de Bel-Respiro il m'énumérait toutes
les médailles que l'on pouvait voir sur la
poitrine de cet homme. « Il suffira de
remplacer sa tête par la mienne. Trouvez-
moi un peintre habile. A partir d'aujour-
d'hui, je m'appelle Henri de Bel-Respiro. »
Il répétait, émerveillé : « Monsieur le Préfet de police Henri de Bel-Respiro. » Une
telle soif de respectabilité me bouleversait
car je l'avais déjà remarquée chez mon
père, Alexandre Stavisky. Je garde sur
moi la lettre qu'il écrivit à maman avant
de se suicider : « Ce que je te demande
surtout, c'est d'élever notre fils dans
le sentiment de l'honneur et de la probité;
et, lorsqu'il aura atteint l'âge ingrat de
la quinzième année, de surveiller ses
fréquentations pour qu'il soit bien guidé
dans la vie et qu'il devienne un honnête
homme. » Lui-même, je crois, aurait aimé
finir ses jours dans une petite ville de

province. Trouver le calme et le silence après des années de tumulte, vertiges, mirages, tourbillons éperdus. Mon pauvre père! « Vous verrez. Quand je serai préfet de police, tout s'arrangera. » Les autres devisaient à voix basse. L'un des frères Chapochnikoff apportait un plateau d'orangeades. N'étaient la tache de sang au milieu du salon et leurs costumes bigarrés on aurait pu se croire en très bonne compagnie. Monsieur Philibert rangeait ses fiches et s'asseyait au piano. Il époussetait le clavier avec son mouchoir, ouvrait une partition. Il jouait l'adagio de la *Sonate au clair de lune*. « Mélomane, chuchotait le Khédive. Artiste jusqu'au bout des ongles. Je me demande ce qu'il fait parmi nous. Un garçon d'une telle valeur. Écoutez! » Je sentais mes yeux s'agrandir démesurément sous l'effet d'un chagrin qui avait épuisé toutes les larmes, d'une si grande fatigue qu'elle me tenait éveillé. Il me semblait que depuis toujours je marchais dans la nuit au rythme de cette musique douloureuse et obstinée. Des ombres agrippaient les revers de ma veste, me tiraillaient des deux côtés, m'appelaient tantôt « Lamballe », tantôt « Swing Troubadour », me poussaient de Passy en Sèvres-Lecourbe et de Sèvres-Lecourbe en Passy sans que je comprisse rien à leurs histoires. Le monde, décidément, était plein de bruit et de fureur. Aucune importance. Je passais au milieu de cette agitation, raide comme un somnambule. Les yeux grands ouverts. Tout finirait par se calmer. La musique lente que jouait Philibert imprégnerait peu à peu les êtres et les choses. Ça, j'en étais sûr. Ils avaient quitté le salon. Un mot du Khédive sur la console : « Tâchez de livrer Lamballe le plus vite possible. Il nous le faut. » Le bruit de leurs automobiles décroissait. Alors, devant le miroir de Venise, j'articulais distinctement : JE SUIS LA PRIN-CES-SE DE LAM-BAL-LE. Je me regardais droit dans les yeux, appuyais mon front contre la glace : je suis la princesse de Lamballe. Des assassins vous cherchent dans le noir. Ils tâtonnent, vous frôlent, trébuchent contre les meubles. Les secondes semblent interminables. Vous retenez votre souffle. Trouveront-ils le commutateur? Qu'on en finisse. Je ne résisterai plus longtemps au vertige, marcherai vers le Khédive, les yeux grands ouverts et collerai mon visage au sien : JE SUIS LA PRIN-CES-SE DE LAM-BAL-LE, le chef du R.C.O. A moins que le lieutenant Dominique ne se lève brusquement. D'une voix grave : « Il y a un mouchard parmi nous. Un dénommé " Swing Trou-

badour ". — C'est MOI, mon lieutenant. »
Je levai la tête. Un papillon de nuit
voletait d'un lustre à l'autre et pour qu'il
évitât de se brûler les ailes j'éteignais
la lumière. Personne n'aurait jamais une
aussi délicate attention à mon égard. Il
fallait me débrouiller tout seul. Maman se
trouvait loin d'ici, à Lausanne. Fort heureusement. Mon pauvre père, Alexandre
Stavisky, était mort. Lili Marlene m'ou-
bliait. Seul. Je n'avais ma place nulle part.
Pas plus rue Boisrobert que square Cimarosa. Rive gauche je cachais aux braves
petits gars du R.C.O. mon activité d'indic;
Rive droite, le titre de « Princesse de
Lamballe » m'exposait à de sérieux ennuis.
Qui étais-je au juste? Mes papiers? Un
faux passeport Nansen. Indésirable partout. Cette situation précaire m'empêchait
de dormir. Aucune importance. Outre mon
travail annexe de « récupérateur » en
objets précieux, j'exerçais au 3 *bis* la
fonction de veilleur de nuit. Après le
départ de Monsieur Philibert, du Khédive
et de leurs hôtes, j'aurais pu me retirer
dans la chambre de Monsieur de Bel-Respiro mais je demeurais au salon. La lampe
à abat-jour mauve laissait autour de moi
de grandes zones de pénombre. J'ouvrais
un livre : *Les Mystères du chevalier d'Éon.*
Au bout de quelques minutes, il me tom-

bait des mains. Une certitude venait de m'éblouir : je ne sortirais pas vivant de toute cette histoire. Les accords tristes de l'adagio résonnaient dans ma tête. Les fleurs du salon perdaient leurs pétales et je vieillissais à une vitesse accélérée. Me plaçant une dernière fois devant le miroir de Venise j'y rencontrais le visage de Philippe Pétain. Je lui trouvais l'œil beaucoup trop vif, la peau trop rose et finissais par me métamorphoser en roi Lear. Rien de plus naturel. J'avais accumulé depuis l'enfance une grande réserve de larmes. Pleurer — paraît-il — soulage et, en dépit de mes efforts quotidiens, je ne connaissais pas ce bonheur-là. Alors, les larmes m'ont rongé de l'intérieur, comme un acide, ce qui explique mon vieillissement instantané. Le médecin m'avait prévenu : A vingt ans, vous serez déjà le sosie du roi Lear. J'aurais voulu me présenter sous un aspect plus fringant. Est-ce ma faute? Je possédais au départ une belle santé, un moral de bronze, mais j'ai éprouvé de gros chagrins. Si vivaces qu'ils m'en ont fait perdre le sommeil. A force de rester ouverts, mes yeux se sont démesurément agrandis. Ils descendent jusqu'à mes mâchoires. Autre chose : Il suffit que je regarde, que je touche un objet pour qu'il tombe en poussière. Dans le salon, les fleurs se fanaient. Les coupes de champagne, éparses sur la console, le bureau, la cheminée, évoquaient une fête très ancienne. Peut-être la redoute donnée le 20 juin 1896 par Monsieur de Bel-Respiro en l'honneur de Camille du Gast, danseuse de cake-walk. Une ombrelle oubliée, des mégots de cigarettes turques, un verre d'orangeade à moitié bu. Était-ce Philibert qui jouait du piano tout à l'heure? Ou Mademoiselle Mylo d'Arcille, morte voilà soixante ans? La tache de sang me ramenait à des préoccupations plus contemporaines. J'ignorais le nom de ce malheureux. Il ressemblait à Saint-Georges. Pendant qu'on le passait à tabac, il avait perdu un stylo et un mouchoir marqué des initiales C.F. : les seules traces de son séjour sur la terre...

J'ouvrais la fenêtre. Une nuit d'été si bleue, si tiède qu'elle paraissait sans lendemain et que les mots « rendre l'âme » « exhaler un dernier soupir » me venaient aussitôt à l'esprit. Le monde mourait de consomption. Une très douce, très lente agonie. Les sirènes, pour annoncer un bombardement, sanglotaient. Ensuite, je ne percevais qu'un roulement de tambour étouffé. Cela durait deux ou trois heures. Des bombes au phosphore. Paris à l'aube serait recouvert de décombres. Tant pis.

Tout ce que j'aimais dans ma ville n'existait plus depuis longtemps : la petite ceinture, le ballon des Ternes, la villa Pompéienne et les Bains chinois. On finit par trouver naturelle la disparition des choses. Les escadrilles n'épargneraient rien. J'alignais sur le bureau les figurines d'un jeu de mah-jong qui appartenait au fils de la maison. Les murs tremblaient. Ils s'écrouleraient d'un instant à l'autre. Mais je n'avais pas dit mon dernier mot. De ma vieillesse et de ma solitude quelque chose allait éclore, comme une bulle à la pointe d'une paille. J'attendais. Cela prenait forme tout à coup : un géant roux, aveugle certainement puisqu'il portait des lunettes noires. Une petite fille au visage ridé. Je les appelais Coco Lacour et Esmeralda. Misérables. Infirmes. Toujours silencieux. Un souffle, un geste aurait suffi pour les briser. Que seraient-ils devenus sans moi? Je trouvais enfin une excellente raison de vivre. Je les aimais, mes pauvres monstres. Je veillerais sur eux... Personne ne pourrait leur faire de mal. Grâce à l'argent que je gagnais square Cimarosa, en qualité d'indic et de pillard, je leur assurerais tout le confort possible. Coco Lacour. Esmeralda. Je choisissais les deux êtres les plus démunis de la terre mais il n'y avait aucune sensiblerie dans mon amour. J'aurais fracassé les mâchoires de quiconque se serait permis la moindre réflexion désobligeante à leur égard. Rien que d'y penser, je me sentais pris d'une rage meurtrière. Des gerbes d'étincelles rouges me brûlaient les yeux. Je suffoquais. On ne toucherait pas à mes deux enfants. Le chagrin que j'avais contenu jusque-là se répandait en cataractes et mon amour y puisait sa force. Personne ne résistait à cette érosion. Un amour si dévastateur que les rois, les foudres de guerre, les « grands hommes » devenaient, sous mes yeux, des enfants malades. Attila, Bonaparte, Tamerlan, Gengis, Haroun al-Rachid, d'autres encore dont on m'avait vanté les mérites fabuleux. Ils me semblaient bien minuscules, bien pitoyables, ces prétendus « titans ». Absolument inoffensifs. Au point que, me penchant sur le visage d'Esmeralda, je me demandais si ce n'était pas Hitler que je voyais là. Une toute petite fille abandonnée. Elle faisait des bulles de savon avec un appareil que je venais de lui offrir. Coco Lacour allumait son cigare. Depuis que je les connaissais, ils n'avaient jamais dit un mot. Muets, certainement. Esmeralda regardait bouche bée les bulles éclater contre le lustre. Coco Lacour s'absorbait dans la confection de ronds de fumée. Des plaisirs modestes. Je les aimais, mes

débiles. Je me plaisais en leur compagnie.
Non pas que je trouvasse ces deux êtres
plus émouvants, plus vulnérables que la
majorité des hommes. TOUS m'inspiraient
une pitié maternelle et désolée. Mais Coco
Lacour et Esmeralda, eux, au moins, se
taisaient. Ils ne bougeaient pas. Le silence,
l'immobilité après avoir enduré tant de
vociférations et gesticulations inutiles. Je
n'éprouvais pas le besoin de leur parler. A
quoi bon? Ils étaient sourds. Et cela valait
mieux. Si je confiais ma peine à l'un de
mes semblables, il me quitterait aussitôt.
Je le comprends. Et puis mon apparence
physique décourage les « âmes sœurs ». Un
centenaire barbu, avec des yeux qui lui
mangent le visage. Qui pourrait consoler le
roi Lear? Aucune importance. Ce qui
comptait : Coco Lacour et Esmeralda.
Nous menions, square Cimarosa, une vie
de famille. J'oubliais le Khédive et le lieutenant. Gangsters ou héros, ils m'avaient
bien fatigué, ces petits bonshommes. Je
n'étais jamais parvenu à m'intéresser à
leurs histoires. Je faisais des projets d'avenir. Esmeralda suivrait des cours de piano,
Coco Lacour jouerait avec moi au mah-
jong et apprendrait à danser le swing.
Je voulais les gâter, mes deux gazelles,
mes sourds-muets. Leur donner une très
bonne éducation. Je ne cessais de les

regarder. Mon amour ressemblait à celui que j'éprouvais pour maman. De toute façon, maman se trouvait à l'abri : LAU-SANNE. Quant à Coco Lacour et Esmeralda, je les protégeais. Nous habitions une maison rassurante. Elle m'appartenait depuis toujours. Mes papiers? Je m'appelais Maxime de Bel-Respiro. Devant moi l'autoportrait de mon père. Et puis : *Des souvenirs*

> *au fond de chaque tiroir*
> *des parfums*
> *dans les placards...*

Nous n'avions vraiment rien à craindre. Le tumulte, la férocité du monde mouraient devant le perron du 3 *bis*. Les heures passaient, silencieuses. Coco Lacour et Esmeralda montaient se coucher. Ils s'endormiraient très vite. De toutes les bulles qu'Esmeralda avait soufflées, il en restait encore une qui flottait dans l'air. Elle s'élevait vers le plafond, incertaine. Je retenais mon souffle. Elle se brisait contre le lustre. Alors tout était bien fini. Coco Lacour et Esmeralda n'avaient jamais existé. Je demeurais seul au salon à écouter la pluie de phosphore. Une dernière pensée émue pour les quais de la Seine, la gare d'Orsay et la Petite Ceinture. Et puis je me retrouvais tout au bout de la vieillesse dans une région de Sibérie qui se nomme le Kamtchatka. Aucune végétation n'y pousse. Un climat froid et sec. Des nuits si profondes qu'elles sont blanches. On ne peut pas vivre sous de telles latitudes et les biologistes ont observé que le corps humain s'y désintègre en mille éclats de rire, aigus, tranchants comme des tessons de bouteille. Voici pourquoi : au milieu de cette désolation polaire vous vous sentez libéré des derniers liens qui vous retenaient encore au monde. Il ne vous reste plus qu'à mourir. De rire. Cinq heures du matin. Ou peut-être le crépuscule. Une couche de cendre recouvrait les meubles du salon. Je regardais le kiosque du square et la statue de Toussaint-Louverture. Il me semblait avoir sous les yeux un daguerréotype. Ensuite, je visitais la maison étage par étage. Des valises éparpillées dans les chambres. On n'avait pas eu le temps de les fermer. L'une d'elles contenait un chapeau Kronstadt, un costume de cheviotte ardoise, le programme jauni d'un spectacle au théâtre Ventadour, une photo dédicacée des patineurs Goodrich et Curtis, deux keepsakes, quelques vieux jouets. Je n'osais pas fouiller les autres. Elles se multipliaient autour de moi : en fer, en osier, en verre, en cuir de Russie. Plusieurs malles-armoires étaient empilées le long du corridor. Le 3 *bis* devenait une gigantesque consigne de gare. Oubliée. Ces bagages n'intéressaient personne. Ils renfermaient bien des choses mortes : deux ou trois promenades avec Lili Marlene du côté des Batignolles, un kaléidoscope dont on m'avait fait cadeau pour mon septième anniversaire, une tasse de verveine que maman me tendait un soir de je ne sais plus quelle année... Tous les petits détails d'une vie. J'aurais voulu en dresser une liste complète et circonstanciée. A quoi bon?

> *Le temps passe très vite*
> *et les années nous quittent...*
> *un jour...*

Je m'appelais Marcel Petiot. Seul au milieu de tous ces bagages. Inutile d'attendre. Le train ne viendrait pas. J'étais un garçon sans avenir. Qu'avais-je fait de ma jeunesse? Les jours succédaient aux jours et je les entassais dans le plus grand désordre. De quoi remplir une cinquantaine de valises. Elles dégageaient une odeur aigre-douce qui me donnait la nausée. Je les laisserai ici. Elles moisiront sur place. Quitter le plus vite possible cet hôtel particulier. Déjà les murs se lézardent et l'autoportrait de Monsieur de Bel-Respiro tombe en poussière. De diligentes araignées tissent leurs toiles autour des lustres, une fumée monte de la cave. Quelques débris humains y brûlent sans doute. Qui suis-je? Petiot? Landru? Dans le corridor, une buée verte imprègne les malles-armoires. Partir. Je vais me mettre au volant de la Bentley que j'ai garée hier soir devant le perron. Un dernier regard sur la façade du 3 *bis.* L'une de ces maisons où l'on rêve de se reposer. Malheureusement, je m'y étais introduit par effraction. Je n'y avais pas ma place. Aucune importance. Je tourne le bouton de la radio.

Pauvre Swing Troubadour...

Avenue de Malakoff. Le moteur ne fait aucun bruit. Je glisse sur une mer étale. Les feuillages bruissent. Pour la première fois de ma vie, je me sens en état de complète apesanteur.

Ton destin, Swing Troubadour...

Je m'arrête à l'angle de la place Victor-Hugo et de la rue Copernic. Je sors de ma poche intérieure le pistolet à crosse d'ivoire serti d'émeraudes que j'ai découvert dans la table de nuit de Madame de Bel-Respiro.

...Plus de printemps, Swing Toubadour...

Je pose l'arme sur la banquette. J'attends. Les cafés de la place sont fermés. Pas un seul piéton. Une 11 CV légère de couleur noire, puis deux, puis trois, puis quatre descendent l'avenue *Victor-Hugo. Mon cœur bat la chamade. Elles avancent vers moi, ralentissent. La première s'arrête le long de la Bentley. Le Khédive. Son visage est à quelques centimètres du mien, derrière la vitre. Il me fixe, les yeux doux. Alors j'ai l'impression que ma bouche se contracte dans un rictus épouvantable. Le vertige. J'articule très distinctement de manière qu'il puisse lire sur mes lèvres : JE SUIS LA PRIN-CES-SE DE LAM-BAL-LE. JE SUIS LA PRIN-CES-SE DE LAM-BAL-LE. Je saisis le pistolet, baisse la vitre. Il me considère en souriant comme s'il avait compris depuis toujours. Je presse la gâchette. Je l'ai blessé à l'épaule gauche. Maintenant, ils me suivent à distance mais je sais que je ne leur échapperai pas. Leurs quatre automobiles roulent de front. Dans l'une d'elles, se trouvent les hommes de main du square Cimarosa : Breton, Reocreux, Codébo, Robert le Pâle, Danos, Gouari... Vital-Léca conduit la 11 CV du Khédive. J'ai eu le temps de voir sur la banquette arrière Lionel de Zieff, Helder et Rosenheim. Je remonte l'avenue de Malakoff en direction du Trocadéro. De la rue Lauriston débouche une Talbot bleu cendré : celle de Philibert. Puis la Delahaye Labourdette de l'ex-commandant Costantini. Ils sont tous au rendez-vous. La chasse à courre commence. Je roule très lentement. Ils respectent mon allure. On dirait un cortège funèbre. Je ne me fais *aucune* illusion : les agents doubles meurent un jour ou l'autre après avoir retardé l'échéance, grâce à mille allées et venues, astuces, mensonges et acrobaties. La fatigue vient *très vite*. Il ne reste plus qu'à se coucher par terre, essoufflé, et à attendre le règlement de comptes. On ne peut pas échapper aux hommes. Avenue Henri-Martin. Boulevard Lannes. Je conduis au hasard. Les autres suivent à une cinquantaine de mètres. Quels moyens emploieront-ils pour me supprimer? Breton me passera-t-il à la magnéto? Ils me considèrent comme une prise importante : la « Princesse de Lamballe », chef du R.C.O. D'ailleurs je viens de commettre un attentat contre le Khédive. Ma manière d'agir doit leur sembler bien curieuse : ne leur ai-je pas livré tous les « Chevaliers de l'Ombre »? Il faudra que je m'explique là-dessus. En aurai-je la force? Boulevard Pereire. Qui sait? Un maniaque s'intéres-sera peut-être, dans quelques années, à cette histoire. Il se penchera sur la « pé-riode trouble » que nous avons vécue, consultera de vieux journaux. Il aura beaucoup de mal à définir ma personna-lité. Quel était mon rôle, square Cimarosa, au sein de l'une des bandes les plus redoutables de la Gestapo française? Et rue Boisrobert parmi les patriotes du R.C.O.? Je l'ignore moi-même. Avenue de Wagram. *La ville est comme un grand manège*

> *dont chaque tour*
> *nous vieillit un peu...*

Je profitais de Paris pour la dernière fois. Chaque rue, chaque carrefour éveillait des souvenirs. Graff, où je rencontrai Lili Mar-lene. L'hôtel Claridge qu'habitait mon père avant sa fuite à Chamonix. Le bal Mabille où j'allais danser avec Rosita Sergent. Les autres me laissaient pour-suivre mon périple. Quand décideraient-ils de m'assassiner? Leurs automobiles demeuraient toujours à une cinquantaine de mètres derrière moi. Nous prenons les grands boulevards. Un soir d'été comme je n'en ai encore jamais connu. Par les fenêtres entrouvertes s'échappent des bouffées de musique. Les gens sont assis à la terrasse des cafés ou se promènent par groupes, nonchalamment. Les réverbères tremblent, s'allument. Mille lanternes vénitiennes brûlent sous les feuillages. Des éclats de rire fusent un peu partout. Confetti et valses musette. Vers l'est, un feu d'artifice éclate en gerbes roses et bleues. J'ai l'impression de vivre ces instants au passé. Nous longeons les quais de la Seine. Rive gauche, l'appartement où j'habitais avec ma mère. Les volets sont fermés.

> *Elle est partie*
> *changement d'adresse...*

Nous traversons la place du Châtelet. Je revois le lieutenant et Saint-Georges abattus, à l'angle de l'avenue Victoria. Je subirai le même sort avant la fin de la nuit. Chacun son tour. De l'autre côté de la Seine, une masse sombre : la gare d'Austerlitz. Les trains ne marchent plus depuis longtemps. Quai de la Rapée. Quai de Bercy. Nous nous engageons dans des quartiers bien déserts. Pourquoi n'en profitent-ils pas? Tous ces entrepôts conviennent — me semble-t-il — à un règlement de comptes. Il fait un si beau clair de lune que nous décidons d'un

commun accord de rouler, phares éteints.
Charenton-le-Pont. Nous avons quitté
Paris. Je verse quelques larmes. Je l'aimais, cette ville. Mon terroir. Mon enfer.
Ma vieille maîtresse trop fardée. Champi-
gny-sur-Marne. Quand donc se décide-
ront-ils? Je veux en finir, moi. Les visages
de ceux que j'aimais défilent une dernière
fois. Pernety : que sont devenus sa pipe et
ses chaussures de cuir noir? Corvisart : il
m'émouvait, ce grand nigaud. Jasmin : un
soir, nous traversions la place Adolphe-
Chérioux et il me désigna une étoile dans
le ciel : « C'est Bételgeuse. » Il m'avait
prêté la biographie d'Henri de Bournazel.
La feuilletant, j'y trouvai une vieille photo
de lui en costume marin. Obligado : son
regard triste. Il me lisait souvent des
passages de son journal politique. Ces
feuilles pourrissent maintenant au fond
d'un tiroir. Picpus : sa fiancée? Saint-
Georges, Marbeuf et Pelleport. Leurs poignées de main franches et leurs regards
loyaux. Les promenades à Vaugirard.
Notre premier rendez-vous au pied de la
statue de Jeanne d'Arc. La voix autoritaire du lieutenant. Nous venons de passer
Villeneuve-le-Roi. D'autres visages m'ap-
paraissent : mon père, Alexandre Stavisky.
Il aurait honte de moi. Il voulait que je
fasse Saint-Cyr. Maman. Elle se trouve à

Lausanne et je peux la rejoindre. Un coup d'accélérateur. Je sème mes assassins. J'ai des billets de banque plein les poches. De quoi fermer les yeux des douaniers suisses les plus vigilants. Mais je suis beaucoup trop usé. J'aspire au repos. Le vrai. Lausanne ne me suffirait pas. Se décident-ils? Je remarque dans le rétroviseur que la 11 CV du Khédive se rapproche, se rapproche. Non. Elle freine brusquement. Ils jouent au chat et à la souris. J'écoutais la radio pour passer le temps.

> *Je suis seul*
> *ce soir*
> *avec ma peine...*

Coco Lacour et Esmeralda n'existaient pas. J'avais plaqué Lili Marlene. Dénoncé les braves petits gars du R.C.O. On perd beaucoup de gens sur la route. Il fallait retenir tous ces visages, ne pas manquer les rendez-vous, être fidèle à ses promesses. Impossible. Je partais au bout d'un instant. Délit de fuite. A ce jeu-là, on finit par se perdre soi-même. De toute façon, je n'ai jamais su qui j'étais. Je donne à mon biographe l'autorisation de m'appeler simplement « un homme » et lui souhaite du courage. Je n'ai pas pu allonger mon pas, mon souffle et mes phrases. Il ne comprendra rien à cette histoire. Moi non plus. Nous sommes quittes.

L'Haÿ-les-Roses. Nous avons traversé d'autres localités. De temps en temps la 11 CV du Khédive me dépassait. L'ex-commandant Costantini et Philibert roulaient à mes côtés l'espace d'un kilomètre. Je croyais mon heure venue. Pas encore. Ils me laissaient gagner du terrain. Mon front bute contre le volant. La route est bordée de peupliers. Il suffirait d'un geste maladroit. Je continue d'avancer dans un demi-sommeil.

DU MÊME AUTEUR

Cet ouvrage
a été achevé d'imprimer
sur les presses de l'Imprimerie Bussière
à Saint-Amand (Cher), le 17 août 1976.
Dépôt légal : 3e trimestre 1976.
No d'édition : 20997.
Imprimé en France.
(781)